小镇来信

晚凌题

杨章池／著

长江出版传媒｜长江文艺出版社

杨章池

生于二十世纪七十年代。祖籍广东兴宁，长于湖北松滋。诗作散见《诗刊》《诗歌月刊》《星星》《诗选刊》《诗潮》《中国诗歌》《汉诗》等书刊，入选《中国诗歌精选》《中国诗歌排行榜》《中国新诗排行榜》《21世纪中国最佳诗歌》《中国诗歌选粹》等各类选本。曾出席第四、五届珠江国际诗歌节，第二届北京诗歌节。著有诗集《失去的界限》。湖北省"七个一百"文学人才，入选湖北省文联优秀中青年人才库。

目　录

卷四　苦糖

卷一 光斑

杨 章 池 诗 集

故人：理发师

一个学徒能走多远？他踮起脚
在师傅的喝斥中反复练习刮脸
羞愤藏在他重重的一声咳嗽里
而我乡村小学的欢乐刚被掐断
四年级了，进城还那么无助
这是完全不能自由的想象
理发店！摆在面前的一道深渊

高高的转椅，轰鸣的电动推剪
踏板冷硬。乱发，和着一记响亮的耳光：
"剃刀也能这样磨？"
镜中，一双衰老的手叠进我的惊慌
运剪如飞——
爸，这是你要的茶壶盖
这份答案，交给你！

"师傅在不在？"头发已逐渐成型
1986 年的夏天，同样的发问指向不同对象
"谢师傅！"一个变声期男孩的呼唤使他
霍然回头
手中的剃刀闪着寒光
天哪，还那么矮，鼻孔依旧朝天

那一回，他削去我唇上淡淡的髭须

"汉口中山大道一三零械"，当我读出
这铁椅的底座，多年的铸铁
已接近还原。
"店子的墙壁需要刷一刷！"
雪亮的刀锋驶过我的脸颊
他吩咐小六，以批发价弄一点果绿漆
在墙角，他四岁的儿子正努力敲打一只铁皮桶

好了，完了，摩丝开始滔滔不绝
他疑惑地瞟过我的胖脸和大学校牌
不失对顾客的礼貌。
我试图提起从前，又迅速止住
下批客人到了，转椅已满
他提起我身上的围布
适时一抖：
多少暗喻在，都已不新鲜

1997

病　中

客厅里，筷子跟碗轻轻磕碰
为父母无边的低语，打着逗号，顿号
客家普通话缠绕着南五场的"高八度"①
卷进他们一生的卑微。
许多事都与我无关，除了这句
"等他好些了，去把头发剪一剪"
我确定，父亲和母亲，齐齐
把目光投向我的脸
隔着淡蓝油漆的卧室门和紧闭的旧蚊帐
隔着 30 年的冬天。
多么安详，上午的阳光移向屁股
把麻疹变成故人。
一个八岁的孩子泪流满面
他的寂寞已经成型，却被这句话
抽走了骨头。
那时我的胃里还没有长出一副中药。

2011. 10

---

① 作者父亲是客家人，母亲是湖北松滋南海镇拉家渡村人，操
"南五场"口音，多古入声字，音调较高。

乡村摄影师

大红盖头下的世界比新娘子还神秘
按动揿钮的人一会做指挥，一会扮小丑
他和时光共同留下的那些小孩
有的比我难看，有的漂亮过我一百倍

尾随着他我曾进入那黑漆漆的暗房
红光喘息，显影纸发胀
我的脸孔幽灵一般浮出
一声惊叫！我高烧三天

差点死掉。姥爷在村口喊魂，
他躲在照相馆里百口难辩
作为补偿，下一个阳光日
我新剃的锅盖头和四岁的疯跑被他诱捕

鱼肚白的上衣，花边球筋裤子
颈项挎着一升米换来的口哨
近视老伯，你罚我在这废弃的白菜地里
站了三十五年

我仍紧闭双唇
死也不交出你要的"茄子"！

2010. 4

婚纱照

以仙女为轴心，新娘每牵动一根纱
白马就炮一下蹶子。精心搭建的匹配度
恰好撑起教科书，人造梦和积雨云。

躲在后面，你们姿势规范笑容天衣无缝
眼中憧憬逼真得可以替换一个远方。
而在我们童年时，都痴迷过一条麻袋：它有助消失。

如同现在，被问起"谁是全天下最美丽的女人"时
话筒网罩会如约滤掉多余的气声
甚至各自掌纹里的一片海。

是的，我们早晚会被打回原形，时间丢还一张
再也洗不干净的脸。
但，就算设计统统落空

它也会一直悬浮在经久不散的大雾中。

2017. 2

寻找戴老式眼镜的人

我在大街小巷寻找
戴老式眼镜的人
黑框边，而且断了镜腿
粘上橡皮膏
像轻伤不下火线的兵。
他最好面色黝黑
或者黑里透红
他目光不要太灵活，但坚定
而且温和。
他年龄偏大，比如
街口趴在车梁上读《三个火枪手》的摩的师傅
他仍然羞涩，比如东方超市最敬业的收银员
戴老式眼镜的人那么朴素，但不卑微
戴老式眼镜的人那么努力，但隐忍
毕生辛苦，适度贫寒
不埋怨，不折腾，不放弃。
充满敬意，我在寻找这些
安静的，戴老式眼镜的人
我要为自己找回一个父亲

2011. 7

二胡：夏夜怀堂兄

1970 年代的星光下。
屋前溪声和无休止的虫鸣
凉床上我们唱歌，一支接一支。
受潮艾叶燃出黑烟，熏蚊蝇和眼睛
赤膊们的蒲扇，扇一下停一下。
突然一阵清风来——
"年轻的朋友们，今天来相会！"
悠扬，高亢，明亮
让老秀才的旧故事
一卡再卡，无疾而终
我们拍起巴掌，带动村场一片响

20 米外是瘦的溪流和瘦的你
翘着二郎腿，手抚二胡，肩膀抖动
白汗衫在暗夜里闪光
我们喊："再拉一个《军港之夜》！"
我们喊："《渔家姑娘在海边》！"
琴音飞扬，欢畅掩不住孤独
你长发凌乱，如天籁流落民间
堂兄，小屁孩儿们想不到
我们会倏地长大，你会倏地变老
壮怀激烈的高考落榜生

就是那咬着牙、挑不动担子的庄稼人

就是那日日拨打算盘的杂货店老板
就是那东躲西藏、缺斤少两的城郊菜贩
渔家姑娘在身边，织呀嘛织渔网
你却被一浪打到海边
广州的某街区。你出售劣质内衣，贩卖电话卡
勤奋如蚁，胆小如鼠，唯唯如哑
一月能攒下 1000 元。
田园已荒芜，老屋已破旧，女儿打工在外也已多年。
你面色黧黑，粗粝手指再也拨不动
细细的琴弦

2009. 7

黄昏相对论

譬如这阵晚风，它曾
拜我为师，学习逃避。
譬如这颗星星，用几万年前
匍匐的光，照我，仿佛未曾死去。
譬如这湾江水，半路杀回
只为见证：我的昏聩
早已烂成井底之绳。
譬如这只乌鸦，不舍昼夜地
搬运河水，却吓不走任何一个顽童。
譬如这黯淡之人，日日淘米，择菜
余下的岁月比阿胶还要难熬。

2013. 4

十年前的录影

"回去吧，你去找那个又笨
又哑的木偶吧！"愤怒的儿子，在恨。
当我用老式影碟机，拖回昏黄的那一年
他总避而不见，听凭那无助的婴儿

呆在他母亲怀里，像个虚假童话。
听凭我们自行其是的
取悦和戏弄：
一会逗他笑，一会让他哭。

哦，父亲的拘谨，母亲夸张的欢乐。
哦，导演岳母，用大嗓门把大家搬来
搬去。
八年后她将自己永远搬走

痴呆的姥爷和藤椅融为一体
他不住叫着"轩轩，轩轩！"
这一老，一小，交换着玩具和傻笑。
鞭炮声中开过一支又一支军队。

我们烧纸，摆出多几倍的碗筷
我们往地下倒酒。透明的祖宗们

在半空滑翔。他们未曾相遇，以后也不会。
那一个新年像静静的死亡

大家，各忙各的。
你休想戳穿我领带下的谎言
你休想兑现那些绊脚的祝福——
儿子为了反抗，已经长出一对浓眉

2011. 11

两个强盗

"假装我们是……"
两个四岁的强盗，在广场中央密谋
脸庞绷紧，眼神不可一世。
一个紧握宝剑，锡光纸闪眼
一个将拖把舞成红缨枪
头盔曾装大人鞋，盾牌在唱生日歌①。
他们商定：今晚必须攻城掠寨
小区每户家庭，都必须害怕。
哦，强盗们，伯伯我
曾是儿子的暴君：
他的神兵利器，千军万马
通通毁于我手。
所以你们
大功告成：
我来做那个可怜虫
簌簌发抖，不住告饶
拱手交出一切。

2013. 4

---

① 孩子们所戴头盔是鞋盒，所持盾牌是生日蛋糕底盘。

泥　猴

你一定从来没有爱过我，爸
当你低吼出"滚开"，嫌恶的语调
浇透我：灰尘满身的家伙瞬间变成泥猴。
它扑上前的抱，冻僵在中途
所有高粱自觉收起披散的枝叶。
爸，当你被中学解聘，拎回行李
和沉重的自己，六月的庄稼地里
多少事情值得一怒？

他们一再说，我是捡来的。
而我曾沿着沟渠追你，"爸爸爸爸"的喊声
传出几里，鼻涕一把泪一把。
我赖在你的单人床，用你的搪瓷碗吃饭。
我坐进课堂，看你白衬衣醒目，秀琅眼镜恰如其分。
我让乌黑小手，在你颀长指间跳跃。
都过去了，我的脏，耻于它突然的
被揭穿。

贫穷滋生怒火，还是
困顿消磨耐心？你不断耸起眉头
为我逃学，撒谎和弄坏半导体
用眼神杀我一遍又一遍。

你向广东老家诉苦，叔公回信被我偷看：
"诸事不顺也好，孩子不听话也罢，都宜看开……"
你在卫生院治结核，我每天送饭
背脸不要你递过的零花钱。

像哪吒那样？割下肉
剔尽骨，沥完血，统统还你
然后给你孙子全世界最慈祥的父爱。
这激烈多不可靠，我也会有一个
怒气冲冲的中年，又陌生，又一致。
可刚才，当我心虚地恳求轩轩
"加点衣服"时，那只泥猴再次挤进尾椎：

他不屑的神情多像你当年，爸。

2014. 3

种 树

柴刀挥舞，清晨从河滩白杨林中
掰下的这捆树枝，被姥爷一根根
削尖：枝上芽点点，露水够新鲜

"记牢，树枝削好就是树苗！"
他吐出唾沫搓散，然后左手握梢，右手
握根，将一株嫩绿送进潮湿的大地深处

将全部体重压上去，姥爷左脚和上身
横起来与树干垂直。"哼！"他发力时
从丹田喷出喊叫类似呻吟，颤动一次

树枝就下降一分。我也把细苗戳进土中
学着吼了一嗓。硬憋的声线惹他发笑。
"闻到土腥气它们就长根了，再浇点水它们就

抓地了！"太阳上来前姥爷要插完东头这排。
我在青石门槛上做的梦，都是沁凉。等到树成荫，
蛐蛐在合唱，姥爷须发皆白，用各种音调喊我小名。

2016. 9

林中飞鼠

我们一会钻进地底一会冲向天空
铁盒子，况况况况啃着铁轨
树枝挂伤我们的脸，重力
掏走钥匙，眼镜和硬币
那时你五岁，在我怀里哀求一切
停下来！你宁愿面对羚羊腥臭的鼻子

飞鼠穿过电闪，雷鸣，像倒垃圾一样
倒出这十年。终于轮到我了
伸手阻拦这摇晃，这慌乱：
假装姥姥仍然在世，我们仍然健康
假装脚下的天空从未掏走我们
假装你还在用童音尖叫，这沉默的
宽阔肩膀，属于别人。

2014. 2

我们的离开
——给守文

我们的离开像泥点

甩出疾驰的车轮

终于得救了，终于如约

钻进下一个囚笼：

西湖装着全天下的美景而荆州

也披着他半旧的"名城"外衣

哦松滋县，哦新江口镇，这疼痛

的病根：

"你吃下你的恐惧我却把它

变成脸上的淤青……"

2015. 2

轮椅上的姑娘

匀速行进，轮椅有恒定逻辑
永远的少女用笑容说："世界，你好！"
而母亲老成祖母，如吊兰脱水
在金马花园一带，光阴比别处要慢些
新江口的街道窄了又宽宽了又窄

像两条鱼，她们低低的交谈
鼓出一个又一个泡泡，但你捉不到。
20 年过去了，什么都没发生
没有一个趔趄，没有一个概念上的父亲
但有一大片云从天边消逝。

2015. 8

图书馆旧楼

每一年我们都会来到这里
在仿古的八角楼顶俯瞰
小城灰尘弥漫，日新月异
有时艳阳高照，有时阴云密布
"啊，家乡真美！"
我们在作文中抒情
空洞赞颂，自觉光荣
应和发育滞后的身体

楼梯连着楼梯，一个盘旋
接着下一个盘旋
像停不下的钟摆
有时老师带队，有时自作主张
白球鞋追赶黑布鞋
书包擂撞屁股
清脆童音，夹杂鸭公嗓
"像一群混乱的群众演员！"

那些年，少年诗人开始吟唱
高塔托举叹息
设若四面楚歌，他困坐愁城
一本书取自体内，布满温暖灰尘

节假，返乡青年故地重游，不免诧异——
屋顶，补丁连着补丁，街道扭曲
天空颜色不正，乡亲衣衫不整
这是他沉下去的锚，自由中的不自由

这些天，我上下奔走于此
知天命的老人缓慢生长，却来日无多……
它将让位于某楼盘，好与西面的超市共谋双赢
它七层的视野和作文观测站的地位
也早已被电力宾馆和广电大厦所取代
今天，在阴暗的楼梯口
我四顾无人，悄悄喊出一声："时间！"
刹那，我听到来自八个方向的、此起彼伏的回答

2006. 10

便河书（组诗）

吼叫

那头猛虎又开始咆哮时
儿子突然发现我这些年几乎
没有吼过，"你是不是把苦
都吞掉了？"
我却记得夏天的怒斥，甚至十年前的
巴掌，当他还是一个幼儿。

老虎每天逡巡在广场
定时吼出帝国的雄心。
它藏在声音后的战栗，只有我才认得：
小学四年级，我从拉家渡村
转学到县城时它曾出现
中年从松滋奔向荆州，它仍然
在等我。

"此刻，LED 大屏多么平静！"
这一年我依旧寒酸虚弱，苟且偷生。
一身斑斓之下，我危险的吼叫
只够自己听到。

注：笔者暂居的便河广场中央有一块巨大的 LED 电子屏，每天定时播放某企业广告，以虎形、虎啸声作为标志。

开水

它从电热壶中冲出的腾腾雾气
没有带来消防车。也没聚成
一个魔鬼，用来杀死渔夫。
这首歌越唱越高直到
低下来，静下来——
一个老人，悔不当初

它急着把自己盛进下一个容器：
荆江牌热水瓶，老沙市上世纪的
部优产品，"铁壳都快锈完了"
就像有些事，眼看来不及了。
在广阔的便河广场，神华大厦
某间冰冷客厅，我抢先存下一瓶滚烫

冬夜，洗洗脸，泡泡脚
可将每日灰霾逼出躯体
临睡喝一点开水，可缓解整栋楼的紧张
但听见没？看见没？它在幽深之中
奔走，顶撞，"砰"地掀开瓶塞：
炸裂之前，每个梦都该醒来

示众

便河广场 LED 大屏前观某药品广告代言

"我五年前得了糖尿病……"
再一次这形容枯槁的妇人，说起她
大便干燥，全身痒，出汗，头脑发胀
每夜要上若干趟厕所
她用沙哑刮我的喉管，"人都不想活了！"
自从救星来临，各项指标正常
她被装进巨大药盒：
吃得好，睡得好，每天
还接送孙子，像没得病一样！

整个冬天，整个春天，她
孤零零挂在这里，对着密集
和空旷唠叨，每天受审一百遍。
多少药，多少钱，多少许诺？
"只是一个病例在自言自语"
她用方言讲普通话，不像撒谎
她眼神呆滞，看不出感激。

大屏呼啸，清洁工将拖把举上天空
广场西头一名妇女遮脸走过。

大雨落便河

大雨落在便河广场
即刻温暖全身：
一滴滴水珠，一瓣瓣
热烈的唇。
一些新笋探出地下商城
窃窃私语如杜鹃。
消息已经走漏了：我只有一双
旧鞋
不能久久在此发呆。

更加陌生

一条路自己在走。
一阵风自己在刮。
一场雨，自己在下。
秋天开始深了，便河广场
更加陌生。
轿车轧过水洼，轻轻咳嗽：
老家只隔百里啊，不必
这样想它。

清晨广场所见

三个老人在天上盘旋，
老鹰用爪子牵线，扯他们。

四个壮汉在地上旋转，
陀螺用鞭子抽他们。
一群姨妈被关在音响里，
乐曲要多旧就有多旧，跳她们。
小狗牵着瑟缩的主人。落叶
借一阵风回到枝头。
这是我今天早上看到的，
你如果在便河，还能看到更多。

悼

我想我是在小年夜，月光下
公墓里，暴雨的轰炸逐渐散场
零星几声爆裂，一再挽留

当我一寸寸醒来，窗外广场大亮
脆声稀朗，集体鞭刑已经收手
三两陀螺，强撑最后的旋转

而我洗漱出门后，迎面撞上的
每张脸，都带着肃穆的缅怀。

2013. 9—2014. 3

沙　市（组诗）

田螺姑娘①

巨大奶瓶翻滚着，不住呕吐。
我靠近观察：从漏斗淌下的这堆黏稠
如何抱团挤下金属滑槽
捅进彩绘围墙肚子的铁管，如何将它们
灌入现场，长成大楼的血肉

源源不断，它有自足的沉稳。
几秒钟抖一回，高潮规律。
当脚下地面随之一颤，我期待
童年重现——爆米花机"砰"的一声
黑罐子迸出白花花的软甜

田螺姑娘，有米之炊
可供批量品尝消化
偏着头，盛满翻滚的黏稠
一辆车，两辆车，三辆车
在排队：像等待配种的公牛一样沉静。

————————

① 田螺车，学名商砼车，外形似田螺。车上装置搅拌筒以运载
混合后的混凝土，运输中保持转动避免凝固。

哆嗦

这老人站在傍晚公交站牌前
哆嗦:平伸的双手
握着一个想象的发动机

电钻轰鸣,斜截锯嘶叫
振动棒敲打砂石。身边
这座大楼活生生就要站起来了

在它巨大的阴影之下,他的
哆嗦与佝偻互文:
一对因过分传神而失去本体的
喻体。

路过他的人个个有匆忙的理由。
秋风起了,一片叶子哆嗦
落到他的肩膀

公交车独语

"呀,中山公园这么干净……"
"原来沙市的士可以随叫随停……"
"我年纪大了,什么也记不住……"
她喃喃的絮语从白发上垂落
霎时被汽车向前的哐啷掸掉

我坐在她身边，显得多余

整洁，憔悴，不舍。
她眼睑中的疲倦，比窗外
的雾霾早了至少 30 年。此刻
重来，应该是归来。
她要么大病初愈，心怀感激
要么有深深痛楚，逼她开口说话。

图书城

多少次穿过你？夹巷
中的旧衣裳。
书，越来越少
亲人一再走散。
培训班骑在头顶，笛声
百无聊赖。
二胡是黄昏作业，金黄
军号，驱赶着周一的上学。
流浪汉靠着垃圾筒像依偎着家。
一个人不肯承认的失败
在这里。

中山公园

红叶李已经飘雪了，杨柳
才摇摇手臂，长出新的指甲。

船划江津湖，涟漪泛腥
摆拍群众头回扮成雕塑：
仙鹤专注舞姿，鹿负责远眺
吼猴一不留神吼出真声。
从铁丝网外撒下的
面包屑让五只火鸡打成一团
孔雀独立秋千架，眼含不忍
我道歉，我也有一位这样的朋友
在四月的空气中颤抖，在 30 年前
预留的这个春游中。
我也有石楠污秽的气味：
一个男人醉于音乐而舞姿过于狐媚
被路过的长吻鸟随意啄破。
二人的、三人的小船，从不同方向
画出同心圆
而摇椅上的人们一动不动。
从钟声中漏下来的阳光
把我们照得干干净净
一切都那么星期天

后半夜

清洁工人的笤帚和拖车远去了
冬天重新从地底下长出来

车的水，马的龙都淡了，

全沙市都在做梦

中山公园后门的灯光，明显
带着宿醉的惺松

一片高锰酸钾颗粒丢进
江津湖，它正在溶解

慌张得像刚散场的戏台
亲爱的，世界在慢慢关闭

塔桥路口

金属晒架上香肠肿胀，油光
让路人委屈。而小餐馆们有标配的肥厚。
一排围裙坐在小马扎上起劲刷
锅碗瓢盆中，一个新年就要被刷出

摇车陈旧，婴儿熟睡
她嘴角动一下，就变出一朵花。
"你叫什么名字？"妈妈逼问快要说出
人话的泰迪犬而它抱以持续的"汪汪"

我往来路过两年，还有
景象没见，何况新事不断发生。
此刻面对人间，音节自动发出

而在它们冲出喉管前我没有丝毫觉察

江汉路边

迎着阳光，她擦拭
锈迹斑斑的防盗网
在高楼阳台擦我隔夜酸楚。
她皱着眉，但那么多条光线
一起发力，使她生动。

距离 50 米马路
她有没有发觉陌生人仰头观望
满怀感激又心有不甘？
过了一会，她的劳动变得舒缓
蓝色碎花睡袍更加耀眼。

2014. 2—2017. 3

安心桥（组诗）

今夜是可行的

事到如今，我开始接受自己
不再揪着头发将自己摔倒
不再扬起鞭子抽打我的痛哭
一百个原谅排队聚成莲花宝座
凭此我能泅渡中年的大海？
至少今夜是可行的。
厌我的人请离开
爱我的人你快来
你看安心桥的月亮，它在天上
也在护城河里

情欲的诞生

麻将阵阵，起伏如骤雨
狗吠声声连着家乡
抱婴儿的老妇，用沙市话
揪出一截新年的尾巴
护城河的水忍不住漾了一下：
倒影现出一个独居男人
蓬松的情欲。

安心桥之晨

两声，三声，鸟鸣贴切得
像我自己叫出来的
我几乎能看见它嘟起的嘴唇，在空气中
吹出一只粉嫩的拳头
这是我在安心桥
每天的早餐
一切多么美好，我要向世界
再做一个鬼脸

应和

老妇人用长布条一样的歌调
抚摸孙女和黎明
铁门的哐啷响起，卡车开始喘息
而一首诗还睡在比喻里

废品收购站抱紧母鸡的嘀咕。
我的耳鸣又起了，它从昨夜
的债务中追杀而来，把线索
按进隐约晨光

零落脚步来自过去式的
江陵机械厂。老宿舍，将迎来
它的否定式：而在万达的一只脚跨进之前

它经过多少轮回才找到我？

黄昏过安心桥宿舍群

每幢楼都养着一扇望我的窗户
每个窗口都供着一盏眼巴巴的灯
每蓬光都惯着一家慵懒的人
每只锅铲都操持着一个不懈的主妇

每次路过黄昏，安心桥
都用彩虹撑起一颗心
哦，亲爱的油烟，亲爱的生米
就要煮成亲爱的熟饭

2015. 2—3

劈柴赋

他像是在打夯，却更舒展
胳膊高扬，轻轻落下：
"啪！"一声脆响，两片紧紧相拥
的泡桐，慌不迭地推开彼此

松木肥腻，栗树细密，刺槐一言不发。
囚犯们排队候审，候戮
一点光在镐尖闪过
白色骨屑沿着纹理，斜斜飞出

"这边一点，方向对准！"祖先们
从地底伸干枯的手，无声比画
他老实遵从，像个干部。
腌萝卜：水泥晒场的围观者，在翻滚

苍老的孩子在发呆。
执意一分为二，近似恩断义绝
村庄已穿上百衲衣，向集镇进发：
阳光专制，而塑料袋辉煌

"这里头，装着足够多的火……"
柴垛越堆越高，河山那么寂寥

他将目光收回，对准这头

沉默的、心事重重的年猪

2013. 1

墨轩生日录影

"我今年六岁了!"他按要求呈现可爱,对我们
伸出拇指和小指,将才艺捏在其余三个指头中。

赵亮和唐寻为他吹葫芦丝,对视中他同时位于
讨好、照顾、寻找中。但躲不开紧紧咬的镜头。

他领大班做徒手操,跳动像猫妖起舞。他捧蛋糕
如宣读圣旨。他朗读,奔跑,从滑滑梯上迅捷冲向

12 年后今天,带着所有动词。他卖力将整个童年
演完,他回头时深深的同情属于一个父亲而不是儿子。

2016. 12

手写的 1987

在防疫中心档案室里翻阅成捆的
历史时我碰到这份
工作总结：
蝇头小楷，一笔一画，又好看
又另类。
那是赏心悦目的 1987 年：
戴黑框眼镜的誊写者
用宁静和我打招呼
清瘦平和，不紧不慢
一个字，一个字，被羊毫舔出
温暖的霉味。
翻到第七八页，要结尾的
黄色信笺纸中猛地冒出几行颤抖潦草
句号也打成扁的。
他出了什么状况，莫非
有突然变故？
40 年前那个春天
他匆匆出门时
一定眼镜也忘了拿。

2017. 3

预　习

我们习惯在正午，从阳光中
潜入阴暗的后厢房：它船帆般鼓起
愤怒的一端，另一头，规矩如课桌

在不可知的深处，山洞一样空旷。
双眼贴近棺缝，呼吸憋住
耳朵竖起，细微窸窣都会引出

尖叫，和风一样赶来的责骂：
那是禁地，是姥爷唯一的恶狠狠。
柏树是他亲手砍，香气厚实

打成木头①，用去跛子厚原和徒弟
秀清一星期：样貌堂皇抓钉有力。
上漆也是姥爷，一遍遍，黑得发亮。

这是从床底窥探的秘密：四处逡巡后
姥爷挪开盖板，爬进木头
大小真合适，他躺着叹息，多好。

---

① 长江中下游平原将棺材称为"木头"。

它经历了：八一年的大水。九年摆放。
它变形掉色，像老屋。直到正课来临：
它盛着姥爷缓缓落下的那天，下着雨。

2017. 3

卷二　季候

杨　章　池　诗　集

东湖村年度小结

这一年
杨支书为全村的柑橘换了头
为自己换了一任老伴
他用烧酒和责骂推动工作
骂和被骂都很受用
这一年治安良好，村庄干净
甚至在全市得到表彰
腊月，一场雪将下未下
外出的后生们会
开着新车回来
小聚几日再出发
东湖村，是华丽的震天雷
炫目轰响过后
余烟袅袅，很难静息

2017. 3

立　春

机械在远方隆隆又是一夜
它们从未停止但刚被我听见。
铁锹碰擦水泥地面，声音细微：
在环卫工欲言又止的黎明
萦绕多年的问题，突然有了答案。
《雨的记忆》从钢琴房迸出，像泪水
少儿舞蹈班也饱含经久旧时光。

轮船出港，鸣笛唤故人
掌声也起，布谷鸟盘旋
父亲扔掉拐杖，蘸水笔
在轮廓渐明的广场画出正楷
温情稀薄而自由多么可贵：
他被年代压扁的脸，
在一百种光中找到了自己的光。

2017. 2

正月初三，春光明媚

正月初三，春光明媚
我骑自行车，误入陌生小巷

红砖碧瓦，多年前的村庄
在城市腹地潜滋暗长

妇女怀抱婴儿依次拜年
一个小女孩，令人心疼地，吹着口哨

看着我。一个老太太手抚脸颊
惊诧于时光的变迁

老先生钻研一本《中国地图册》
多么纯粹，这被禁锢的自由

一辆奥迪，挂着粤 B 的牌照
沿海的气息嵌入墙壁

更多的麻将、纸牌在展开，聚集
阳光明媚，小巷的新年静静死亡

2004. 2

第一季

我脱掉棉袄和冻疮，僵硬的
土坷垃同时醒来
大的变蟾蜍，小的变青蛙。
用手指过月亮的人，耳朵还在烂
30 年后，妻子紧紧捂住哮喘：

"那不安的气息，无处不在的过敏源！"
大街上，田野上，一朵朵野花在疾驰，使我们
倒退。父母那么慢，他们因恐惧
而相敬如宾，因厌倦
而跟世界握手言欢

哦，手中咸鱼开始游动，前朝的
尚方宝剑开始低吟
觉察到饥饿。
哦茅檐低小，坡上青青草
风还不够暖，我做不出跳跃的姿式

我只等燕子归来，好将北方的人质
放回故乡。国家多么辽阔，有多少岔道
可供迷失

2012. 2

另外的春天

1

妹妹的头发被风吹起
像这些年我的无能为力
"是时候了，连续做梦的人应该醒来！"
他们强调
要保持谨慎的微笑和憧憬

而越来越幽微的青草
越来越没有方向
我看到自己
比加勒比海盗还要虚空

2

被鼾声惊醒的
是那些遥远的事物
很多都忘了
有的还记着，却已说不出

3

用雨水迎接雨水，用疼痛

终结八小时以外的大半生：
"放过那终日逃避的人、左右为难的人
将恐惧、美、手语和幻听
——唤回！"

4

绿色还有多远、多长、多深？
机械的问题
指向我们乏善可陈的生活

答案准时开放
而每一个拐角，都守候着一个梦游者
他要将梦境久久延续

5

在城市儿童公园
背着书包的口哨音乐将他击中
跳跃展开
一步，两步
五步之内他就飘荡起来

在半空中
他俯视自己这些年来的
堕落与衰老

6

乱糟糟的素描
神秘的静物画
和少年大病初愈的爱情……
阳光涌入，豁然澄明

命定的事实，就像
火将火点燃，又将火熄灭
水被水逼到空中
又被水盛进海洋

7

每一项任务，都是不可能的任务
每一个必经路口，他都遭到致命伏击
早春病房，将来路细细检索——

不会太好，也不会更坏
他在弥留之际将一切还原

8

结结巴巴的男主角
迎来温柔的提词者
丧失了一大半太阳神经丛的舞蹈家
重返可歌颂的宁静

"欢乐的、高尚的!"
一声哽咽冲出喉咙
化作绵绵不绝的乐章

2004 年春

古典爱情

谁的长袖
愕然
停止在
一只蝴蝶开花的刹那

梳妆。照镜。梳妆
铜镜一日日消瘦
时辰敲打着
孤独的雨水芬芳四溢

书生，流浪的书生呵
橐橐的马蹄已经发芽
这绝密的呼吸，怎能承受
十八个春天的诺言

小小的坟茔
长在寂寞的林中
鸟声轻轻，再轻轻
摇荡着黄昏的衣裾

1994. 3

桃花的三月

三月，桃花是伤人的
这些虚掩的门扉
把去年的心事深藏了
随便哪一朵，随便轻轻的一笑
都令大街小巷的面孔
黯然失色

桃花，三月是伤人的
在某个阴天，雨天
当着这些七零八落的诗句
一遍遍地问：
不能哭泣的，是哪一种思念
不能深入的，是哪一部分的韵脚呢？

1994. 3

回　声

布谷明明就在耳边叫
听起来却像很远，很久。
阳光唤出青蛙，青蛙启动合唱
从稀稀拉拉到统一合韵，只用了
七秒钟。
徽式民居荡漾在池塘里，骗浮标说
快，快，又有鱼上钩了。
摇头，摇头，割草机是巨大推剪
辗过昏昏欲睡的自由。
鞭炮声响在西边，回声落在东头
繁缛礼节从江汉平原铺到武陵余脉
问候着姥爷的骨头，岳母的灰
最近的叔叔还有话说：
6 岁时差点带走他的是洪水
这一回，疾病终于得逞。

2017. 3

棉　花

好像一场雪不肯离开
盛大持续一周后
江津路上的红叶李
迅速凋谢：枝上花瓣
明显少于地上的。
花事之后红叶会长出来，
但此刻，在黄昏，天光暗下去
它们是残败棉枝开出
不体面的棉花：
留守老人和留守儿童所种
消瘦，干瘪。
红绿灯亮了，风吹来
它也能抽出棉絮，纺成线，织成布
热烈地裹住我们。

2017. 3

桃花灼灼

多年前我问过她们一些问题。
我想起她们，她们就开了
横七竖八骑在苍老枝丫上
欺负逆来顺受的爹爹

无限接近任何一朵，她的娇憨
繁复，不同于另一朵，和上一刻
她内部有一场前世的葬礼
昨夜的雨，浇灭短短春梦

从一朵飞进另一朵，蜜蜂
老园丁，扇动着，煽动着：
"你们是美的，请务必持续开放……"
它陈旧的讲义适用于每一个春天！

2010. 3

离开四月

雷声把今年的春汛拖住了几分，我的髀肉
就多长了几分。

桃花刚刚启蒙就要谢了。蔷薇一朵朵
在去年死去的枝头还魂。

蜜蜂的嗡嗡声也是我的苦涩。鱼骨天线
对风筝的诅咒，也是我的撕裂。

孩子们的笑声，从课堂
滚到操场，刮着我骨中的锈。

"离开四月，离开它的干渴
以及船帆之上，突然醒来的白云。"

而风儿那样沁凉，好像所有的失败
都已与我无关。

2013. 4

上　路

物理的病痛，缘于
一场地理慌乱：
洗漱完毕，我就消失。
让麻雀彼此猜疑，争执下不，让鹧鸪
愤然詈骂，燃烧无名之火。
让冬青树被否定，再否定
跺脚驱赶血液里的铅。

"你总共落了多少瓣？与他可有关联？"
隔着马路，紫薇与桃花
一问一答。
它们有千篇一律的面孔：
自律之美和道德之爱。
若非清晨这阵雨，它们可能
在梦中错过今生。

我早已上路。
额头刻着金印，颈项戴着木枷，一百杀威棒
寄在明天。
"贼配军！贼配军！"
穿堂风一声又一声，咬着后背

它同样债务缠身

金创药随身携藏。

2013. 4

冷　夏

我合掌拍下一只花脚蚊子
得到两只影印版的它。

电扇缓缓转过头来，看我：它有一张
小学数学老师沉重的脸。

我与老父在每日的滞重空气中
相遇。远方已被折断，他抚摸着我
残存的部分。

我照顾家庭礼数周全。我写下"年复一年"
四字，突然痛哭不止。

2013. 2

光　束

盛夏，正午
透过屋顶的明瓦
漏下来，那沉缓的光
被一点点吸去燠热
那是乡小教室的阴森

明亮的、装满灰尘的柱子！
我们绕着它追逐，向它吐唾沫
使另一个世界下雨
我们及时拖动桌子
让那边打雷

2006. 10

在阳光下

七月，我用汗流浃背的美声说出这个词——
阳光还我以凛冽。蝉，喃喃的咒骂者
一边伐木一边摇头
多少年，游戏仍未停歇。
一路生长的儿子把眼睛缩进手心
躲着一千条线，一万根针
"冬天及时哭泣，春天就不会生病"
抢修桥梁的人们光着膀子
黑得那么仔细

2011. 7

模糊之秋

郊区的学校适于补习和秋游。
黄昏接儿子回家，各自赌气
风清，云淡。他的狐疑逼近中年
居然不敌小学四年级的固执

他钟情于这样的缓慢：
几只白杨里的蝉，仍在努力唱
妄想盛夏可以唤回
而儿子的否定，源于拐角处

那阵密集的鸟声
"急得像雨点一样！"
不管花落多少，逼人的清新
总胜过他渐渐疲沓的老

进入闹市区，二人同时噤声
在比他们更模糊的车流中
一个欢乐的疯子当街演讲
他污秽的大腿，赤裸裸地

带来整整一季的冬

2007

陈　旧

我看到变魔术的女人
兴高采烈舞蹈，陈旧飞吻
抛向沉默人群

我看到表情严肃的六个牙医
和张开嘴的四位老人、两名少妇
他们共谋八颗陈旧牙齿

我看到傻兮兮的你
拨弄一把陈旧吉他
房间空空，阳光下灰尘漫起

我看到流浪的王子归来
老公主缓慢走下楼梯
脸色苍白，长裙陈旧

我看到树叶落了一片，两片
陈旧的秋天再次来临

2004

锈

迷路的人收回光线
和他摇晃的世界观。
无数使命坠落，两只柚子
在枝头发出铁锈的声响。
平底锅下柴火刚刚燃尽
一摞烧饼，还有余温。
系"海天酱油"围裙的妇女
打算收摊了：
秋风将至，吹透内心的茅屋。

2013. 8

气候转凉，秋天回到内心

哦，狠狠的空气挥出
一记重拳。引发妻子哮喘的
杜鹃，再无香味可释放，再无
白色花蕊可开。
风把一只认命的柚子，按在
枝头。林荫道里，藏着某人的病。
化肥厂起死回生，它的汽笛
大声叫我的魂。
这些爱，这些苦
你们要，再轻一些。

2012. 9

收获时刻

执法者穿着风的制服
他的横脸，穿过
一个个栅栏，强讨，恶要：
向稻田要谷
向桂花要香
向柿子树要甜
向马要鬃毛
向鲫鱼要子
向溪水要石头
向雁阵要家信
向芭蕉和枯荷要雨声
向月亮要温度
向衰老的父亲
要健康

幸福来临：
他终于开口，向我最小的妹妹
要
她备了三年的嫁妆

2011. 10

送葬队之约

茫茫无际的秋啊，茫茫无际的
安魂曲。
车队开来，电影散场
黄裱纸在飞，鞭炮在疼
我曲行着，躲开迎面飞来的
一张脸

逝者躺在车厢里，独自数他的遗物：
你，我，大家。
这世间，他留给我一把椅子。
错乱的孝子喊着"儿啊！"他怀抱镜框
那上面，音容宛在，果然
是我

2011. 9

秋　声

阳光越来越慈祥了。
我们喝完汤，开始午睡
窗帘摆动，桂花香里掺着婴儿的哭
洗衣机内泛起大海，培训班
的钢琴伴奏，淹没在童声合唱里。
一片树叶反光粼粼
一声低促鸣笛中途按下
它真的没有惊扰到什么
父亲将咳嗽憋回胸膛

2014. 9

中 秋

缓步走向阔大草坡
天空和我的脸
都是悬着的

2016. 9

笑容递出

"我早上吃了三个月饼到现在肚子还是
饱的。"她推着三轮车把笑容
递给公交站牌下的每个人
但没人接收。

连衣裙
公文包
双肩背
转过眼睛，转过头，转过身体。

她的气息有毒如满车破烂
她眼光不洁会糊住我们。
笑容飘了一圈被风吹挂在垃圾箱上
回不到她的脸
她突然蹬车消失就像从没出现。

蛋糕店的喇叭只静了一分钟
又开始甜得化不开的叫卖。

2016. 9

霜　降

两个老男人粗鲁应答
他们的咳嗽让睡眠加重。
机器的轰鸣在远处
若有若无，一直在响。
我欠此生多少漂泊，可以
在下一个梦中偿还。

2014. 10

寒

我已经无路可走了。
零度以下，汽车反复启动
一家人低语着远方。

一阵风执意寻找它的情人。
钟楼含混地说，七点吧
破旧如它，依然原谅了生活。

你将怎样降临？眉眼暗淡的
敌人和罪人。
垃圾箱口，避孕套耷拉

多年前的欢愉重现。
香樟树交头接耳
小广场一派胡言。

冰渍里的月亮，盛下
几则往事。七楼窗帘后闪过的一线光
冷得像个笑话。

是啊，呵气就是遗忘，咳嗽

代表健康。雾又起了
五米之内有一场革命。

2013. 1

大　寒

大雾散开，游轮远去
橙色妇女拖来垃圾车，清扫
一条贪吃蛇的宿便。
街道僵硬，从天而降
冬青树砸下黑色树籽：
疯爹爹，狠狠将幼子掼向地面。
撑伞者扔掉围巾
内向的人，有矜持之罪

2011. 12

卷三　灶火

杨 章 池 诗 集

窸 窣

姐姐，午餐时的争执是意外的，外甥
是无助的。是一群老虎
从高二男生的粗嗓中冲出，掀起
瞬间怒涛。
你缩在一边，低低啜泣，多像
一片被咀嚼的桑叶：
小学时我们共同养蚕，那胖胖的蠕动，带来
深夜的细雨。

多像初中时的窃窃私语：
我俩虚构一匹伟大的白马，它无所不能。
渡我们过一个又一个难关。
低你一年级的小屁孩儿，怎懂梦中王子，怎懂
少女的心，多么荒凉，多么渴——
忽而捧一本《窗外》爱上语文老师，忽而
对管街大哥着迷。
破碎的线索，让母亲的神经质
发不出，收不回。

多像邓丽君的气声，在三洋录放机里
百转千回：
"不知道为了什么，忧愁

它围绕着我……"
围绕这厌弃的高中，和它
铁锁一样的链状烃。
去它的平抛运动，去它的
完全非弹性碰撞！而
三角函数夜夜扑来解析你
河马教导主任，用鼻孔溺毙差生。

多像沙沙的书写，未成年的誓词：
"我自愿退学，招工，并永世
不得责怪父母。"
少女豪情只盼自由，哪有你们所料的
今后辛酸！
多像深夜静静燃烧的火苗
舔舐着灯丝
颤抖的镊子，酸胀的眼球。
八年间，从普二车间到三丝车间
低低的咳嗽，冲上高高的烟囱。
有时我骑自行车来接你：
昏黄的路灯下黑影憧憧
一个弱女子，紧贴瘦弟弟。

多像姐夫挥毫，墨渍洇透废报纸：
那烟火不食的高人
有着自成一体
又无法成熟的书法。

"倦于生活，同时囿于它……"
小妈妈，你一结婚就长大了。
一生儿子，就中年了。

多像这无趣，又幸福的时光：
困守三尺柜台，足不出户。
多像你娓娓的问切：
白大褂在身，药师职称在手
感冒发烧也能瞧，三言两语中肯綮。
小老板药香弥漫，于今，这家店
已扣留你整整 15 年，
以赤诚决明子，深厚黄芪
以每时每刻，首乌放浪的人形。

多像这些暗影，这些
收费的，罚款的，一次次赊账的
不时挡住
照进狭小店面的狭窄阳光。

多像你和母亲谈话，两个高八度
共同数落公婆，小姑子
和她的河南丈夫：
一场瀑布，冲刷另一场瀑布。

多像你，一天重似一天的损耗：
依旧晕车，呕吐。

依旧向内生长，担惊受怕。
雪上加霜，更年期
提前将你占领：
这暴躁，这突然的发冷发热，这生之艰难。
"曾经的美人黯然枯槁……"
我默默接受你的黑眼圈，鱼尾纹
你蛮横的白发，和内心一天天弱下去的马达

唉，姐姐，无处不在的窸窸窣窣
就是这每日视而不见的饮食，便溺
就是这同处一地却彼此陌生的
我们：
你有你的卑微药房，我有我的辛酸公务。
少之又少的交集，全靠爹妈
那根老藤：
生日之际吃顿饭
三十晚上团个年。
偶尔的电话
如同隔空对话，无意畅达不求甚解
又好似
隔墙抛物：砸吧，砸出去
管他外边有人无人。

姐姐，所幸那群老虎
已进栅栏。
浑身毫刺一根根收拢，外甥的脸

哗变为童年，婴儿。

他嘟囔着："妈妈，我爱你。"

哦，这声音。

这午餐时就开始滚动的声音

这 17 年来持续发着酵的声音

这放进血里，能化掉钉子的声音

逐渐响起来，大起来

完全淹没你的窸窣。

是什么在动摇，在发烫

……

你捏着围裙的手也捏着一条老街

2013. 1

喊成父亲

在墨轩之前，我确信我有过
好些小孩
他们有的叫贝贝，有的叫嘟嘟
有的叫小蓓
有儿子有女儿，有的性别不详
这些又虚幻又真切的小孩啊
从脉管中，心跳中，喊我爸爸
有时用轻柔的梦呓
有时近乎呵斥
骄傲蛮横，不许我不回答
我确信是他们把我喊成了一个父亲：
轩轩出生后
我在他身上看到了
所有的他们

2017. 3

误 伤

"梅奶奶我再不敢了！"轩轩
用哭腔摇晃外婆：他被一阵
吵闹后突然寂静的泪，吓坏了

幼儿的惶恐让她惊醒，笑了：
暮年已金刚不坏，四岁再顽劣
又怎伤得了这硬茧厚痂？

只是走神的一瞬：她从皱纹中
唤起众多外婆，从不同年代袅娜
而出，一个个美得惊人。而春天太短

孙子们总会一哄而散。
纽扣总会掉落在黑暗角落。来生
藏在苍老的气息里，和

蚯蚓一般蜿蜒的静脉里：哦她从不会
织毛衣，手套。他张开小小怀抱，以额相触
他不知所以的稚嫩，更能疗伤。

2017. 3

与子书

1

你是完全的
陌生人。
个头超过我，语速快过我，很多
好过我。
一棵大葱手足无措
一小时闪过一个颠顸。

2

天没破晓，你就离家
肩上扛着一所笨重学校
反刍，我胃里的寒酸中年。

3

你开始说一些
我听不懂的词。这些词
还要渐渐增多，扩大
直至整句话、整段话都来自火星。

4

你胎发柔软，多么无助。
你晨昏颠倒，彻底啼哭。
你裹在黄底白花小马甲中，多么小。
"现在开始做，小班徒手操！"
婴儿的你，幼儿的你，跳出来
狠狠撞击
一个父亲的难处。

5

而你总在，长手、大脚间
递来一对横眉：
"你们说的，根本
不是我！"是啊，当年我也那样急着打断父亲。
但就让我们多谈谈那个与你
无关的人，别阻拦这寻找
我一直触摸不到。

6

一个喃喃自语的男人，有着难以
自控的羞辱：
游戏已散场，逗留再久
你和你的童年
都不会跟他玩了。

7

你可以轻易
捉到我的傻但做不到——
忽略它。
我渐能忍受挑衅——
除了你的磨蹭。
这撕咬，还将继续。

8

那么多的好日子不在了。多想你来
抱一抱我
以越来越旺的青春，逼走我
越积越多的老。

9

老父亲佝着背，在扫地
他几乎是一株植物。
儿子啊，我刚知道
他一直用沉默
原谅着我。

10

越长，越大，越远。
我絮叨着儿子，儿子，儿子

好比口诵"南无阿弥陀佛"，呼唤
智慧和慈悲，又好比
心知肚明的盲人
牵出缓缓的大象。

2012. 9

蝉　蜕

我们每天做很多事，使自己
仍有价值。
我们背过脸吞下不同的空气和药
凑到一起何其快乐。
我们互称爸爸，妈妈，像两个易碎儿童。
我们小心嘲笑彼此的蠢，绕开各自痛点。
我们用无穷无尽的交谈来证明我们并非
无话可说。
我们每天在心里拔着河，与
世界的黑，时间的长。
我们只是各自的壳
十年，二十年
我们一点一点用尽了对方

2014. 6

扮儿子，装孙子

洗澡后我换上儿子的绿色卫衣
坐在他常霸占的电脑前，玩
他爱玩的游戏。
父亲推门进来，愣了一下——
轩轩在武汉念高中了，这个人
只能是我。

父亲，如果您看到
我新生的皱纹和渐多的
白发，就会知道
我绝不是有意
扮儿子。

发觉了吗，父亲你自己
也穿着我的旧衬衣
外套是轩轩的初中校服
秋风起了，你多么瘦小
你的佝偻和抖颤
撑不起一个儿子，更装不成
一个孙子

2013. 9

相互拨通没有应答的两部手机

找不到手机，我只好动用
儿子的旧 OPPO——
揿开，拨通，那翠绿屏幕
自动跳出两个字："爸爸"。
哦，爸爸。我的心
跟着跳了两跳。

熟悉铃声在沙发角落里
响起，儿子
跨过一个童年在叫我
再一次我跟妻子聊起他笨拙的
幼儿园，和伸手
可及的大学
似乎他并不是今早
才乘平安高速冲向武汉的高中
而是已经离乡闯荡
很多年

我拣起自己手机时
那未接来电——
是"儿子"：像一张焦急的脸
像 600 里外那倔强少年

拉长的声音
我回拨
过去，看看这边的
"爸爸"。再拨过来听听
那边的"儿子"。多少遍
它们彼此呼唤从不应答

2013. 10

冬夜不要随便回忆

一个人在冬夜
背负太多

儿子从滑滑梯溜下一回
就骑到我头上
笑一回
母亲用黑发批改作业
在灯下
她咳一声就是一年

往事浮一件，衣服加一件
而风
穿过风衣
羽绒服
羊毛衫
衬衣
保暖衫
揪出我最深的冷

2013. 11

春天火葬厂

说到火葬厂，我们常常指的是
悼念厅：城西一带，月光
都不愿停留之地。
人生暗影在此，长如扫帚。
鞭炮暴雨，花圈海洋，
苍松翠柏，各有不祥面孔。
哭泣者把自己缠在锣钹上，随黄裱纸的灰烬
颤抖。
开路的道士跑着跳着就
躲过了一个世纪。

这几日，我们送别朋友的父亲，
寄身于此温暖如家：
东边，公墓，一群火柴盒摇晃。
南边，火化间，大嘴无牙
一根烟囱将喃喃自语
排往天空。
而北边一块废地，突然长满欢快芹菜——

哦，这每天坚持聆听死亡的绿
这肥沃烟尘养育之物
"雨后，油绿可爱……"

我们紧张对视，提防着背后的
反戈一击。

静默啊，静默。它们持续屏住
呼吸，鼓励
采摘的眼睛和手。
……葬仪结束，小餐馆，它们
如愿拥抱了火：
感谢逝者，我们和春天共同品尝到他
甘脆的勤劳。

2013. 4

只有在黄昏

只有在黄昏，父亲才会把我认作轩轩而
冲暮色中进门的儿子叫我的小名。
只有在雨天才把妹妹的尿床安给禹禹。
只有路过卫生院，他才把姐姐跳房子时
踢折的脚趾移植给婧婧：
"乖乖，还疼不疼?"
他嘴里吸气，向那消失的图像喊。
也向我们不远的未来喊。
有一天我们也会来到这黄昏，
这雨天，这偏远的卫生院：
儿子，女儿，孙子，孙女，
折叠的童年一个个打开，
不再纠缠于明和暗，快与慢……

2013. 11

最好的时刻

五月花香，敲打着
空空的头脑
像十年前、一百年前一样。
我们躲避着彼此的目光。
餐桌那么远，隔开昨夜的屈辱
而暴雨，使一切重新发亮。

这是最好的时刻：
父母轻声谈论着一个人的死。
他们已经衰老，但没有崩陷。
儿子一秒钟变少年但还有童音。
那么开口吧，说话
大家都聋了，不要再做哑巴

2012

派出的歌声

"小鸟在前面带路，风儿
吹向我们！"
一台节目在广场捕捞儿童节。
孩子们把歌舞撒向上午
的空旷，让它荡漾。
唱啊唱啊，跳啊跳啊
蓬勃的身体舒展成树了
红红的脸要碰到新生活了
可当我打开窗户——
红毯舞台空空，仅有
一台音响在工作。
弟弟妹妹还在教室吧
但多么幸福：他们派出了歌声

2015

白菜采摘指南

现在请姥姥作示范：
用佝偻的腰下地巡视一周。
摸这苑，拍那苑，掐下将黄
一片叶，揪去萎掉一截梗
像到邻居挑撮盐，借勺油。
再把完全干枯的，塞进土中做肥。
竹篮中的七嘴八舌，当作耳边风：
"口中青翠，来自不同季的我们！"
这是 40 年前的喊叫。
别告诉我拉家渡村已被大棚吞下
别说白菜只容整苑拔取。
姥姥一直看护着这小块菜地
欠过的每片叶，每截梗
她都用缓慢生长的骨头来还。

2016

矮凳子，大眼睛

我是一只矮凳子
垫着姥姥微弱的叹息。
我也是一双大眼睛啊，看
房屋破旧，白云很远
爸爸什么样，妈妈的笑
多温暖，我统统不记得。
大年前清早，一个男人
张着双臂跑来让我叫爸爸
他黝黑的脸庞
像我不敢睡着的夜
一个哽咽的
女人让我叫妈妈
她头发蓬松，有你们
说的，远方的气味。
这是个圈套，等真的
变成爸爸妈妈
他们就会从梦里逃走
矮凳子可够不着。
姥姥才是我的爸爸妈妈。
你们多来看我，多抱我
你们也能做我的爸爸妈妈。
听到这些，姥姥又叹气了：

"你什么时候能长高一些?"
她的声音
忽远忽近,绕着我的细脖颈
不用抬头都知道,近来她
越来越眯缝了
我的眼睛因此显得更大。

2016. 5

代销点记

小小柜台当门立
黄鼠狼正墙摆造型
真身早已逃走,它仍在
随时放屁。肥皂蒙尘,鱼钩缺德
手电筒惊喜,种子腐朽
它们共有一个名字:陈旧。
这是敌敌畏,笑容阴冷
杀死过生勇妈妈,家豪嫂子。
大公鸡,游泳,带来鲜艳的呛
糖水罐头,铁盖久锈
而面包来自远方,过期的香味
隐含城市一角轮廓
也藏着所有的,爱。

比如马草干枯,土鳖虫活泼
知了壳装着一个夏天
比如鸡蛋温暖,鸡粪花白
它们就是煤油,方算本
就是铅笔木香纯正
"像经年辛苦的长工,典身
迎娶大户人家的丫环!"
何况,那拿椅子当腿的家富

一向有意收我为徒。

这些年我走南闯北，无数杂货店

在夜间向我眨眼

一只只黄鼠狼蹑足而来，穿回外套，唤我回去。

唉，若非失手摔碎骄傲的算盘

我会如愿娶了拾鸡粪的桂花

简单生活，今生碰不到坚硬的南墙

2011. 7

老门神

披红戴绿守木门
春联新贴，灯笼
照亮他的脸
骑化为石头
吹胡子，瞪眼睛

彩莲船吞下胭脂
喜鹊踏上眉梢
去年淹死的孩子
鼓着腮
为他铺满月光

架起铜和鞭，勒索
三两小欢喜
炊烟慌张，机耕道狭窄
老舅舅，等清明把谷雨煮成熟饭
我就当你走失多年的憨外甥

危险的保安，站姿笔直
"他鸡一样飞，刺猬一样哭！"
我的童年真这么不堪？
而那看守人参果的仙童

两髻跳舞，用笑声点灯

和姥爷一样去意茫茫。
一场风，一阵雨
再厚的铠甲也抵不过
今晚让我打开防盗门
我要撒一个弥天大谎

2011. 6

被判决的黄牛

它恶迹累累，罪无可逭
六个月，它的角剜进八个人
的身体，给他们留下残疾、噩梦
和梦里梦外的咳嗽
但九月的行刑令，让姥爷丢魂

他抚着胸下的旧伤——
三根折断的肋骨，差点要了这条
老命，"它是全队最能干的牛！"
他喃喃不休，像宽厚导师，无条件
袒护着捣蛋的天才

令人敬畏！那喷火的
眼睛，惊叫般的响鼻，冲锋的姿势……
但在乡村宁静的夜晚
它也会和姥爷在露水中散步
还绊倒两棵甘蔗，让我的口腔塞满甜

从学校急急奔回
我没能赶上那惊人场面
只见到它打开的胸腔，像
乳胶一样干净安详

而剁碎的肉，在各家的锅中跳动

姥爷的伤口疼得厉害
逼着他离开餐桌和我们的佳肴
但 30 年前的今天，到处喷吐肉香，全队
都在过节啊。他避无可避
只能悄悄流泪，把旱烟丢到一边

2006. 10

半个树蔸

三天了，姥爷没能占半点上风
持续的角力，沮丧的终止
"妖怪，妖怪!"他呀呀地朝手上吐唾沫
哼哼吼吼，耗尽气力
他仅收获了半个树蔸

巨大的、威严的狮子头!
它不停地呲牙，嚎叫
从顶门心儿那里生生裂开
而另一半，继续向深处挣扎：
什么比铁镐的力量更强大？比那

铁定的冬天还要必然?
不管怎样挥汗
姥爷还得披上棉袄
他咒骂着，一声比一声虚弱
他决定用整个夏天将它暴晒

下一个冬天姥爷就老了
手中的铁镐变成拐杖
领他每夜去梦游

半个树苑一直在火坑里，烟雾滚滚
它自己想流泪，就让别人流泪

2006. 6

祖父之心

轩轩，纵然你痛恨小名

与温情不共戴天。

纵然你冷如路人，每天只给背影。

纵然双臂只在想象中张开，拥抱几无可能。

纵然我已成为若有若无的人。

我仍爱你——已成型的脸廓

和唇上渐渐真实的髭须。

我没多少奢望了，

我只想要你对爷爷的

和蔼亲切，对奶奶的轻言细语。

我愿从此走进夕阳红，慈祥又从容。

我都舍不得说，我多么渴望

有一个天然呆的孙子，一个

响亮啼哭的小孙女。

"幼小的，使劲儿地小！"

没错，你才15岁，我已有一颗提前到达的

祖父之心——

细心换尿片，笨拙别团徽

我要畅通无阻地

用完剩下的，所有的爱！

你不要的，全部转手

你有过的，加倍配送

他们既是我的孙儿，又可以

是我的儿女。

我从此重新成为一个父亲。

孩子，原谅这个双手绞成一团的

园丁吧：

他老眼错花，幸未错乱。

他白发渐增，但从未成年。

2013. 4

乞瓷砖书

为母亲膝关节置换手术100天作

你仍是生冷的、锃亮的？
三个月的呻吟，没能磨钝
你的边角。早该住手可你仍在
割。

进入母亲膝盖前，你什么模样，我不知道。
三小时后你在里面，我看不见。当我
从担架中抬出母亲，绷带血污
你困在五花大绑中，暴跳如雷，难以驯服。
进入病房，满地瓷砖
一起疼。

十年了，右腿一直在阻止她
它四月叛乱，正式独立。
廖医生，徐医生，都说换关节
是成熟技术和唯一办法：
"就好比，把破损的瓷砖剜掉，换上新的。"
省略了过程，轻巧得像换一支笔芯。
就这样我将自己和母亲一起骗上手术台
71岁了，陶瓷和高分子聚乙烯插进她的暮年。

多么狠的锤子，凿子，撬掉母亲
多余的骨头。多么强劲的骨水泥，把你
粘进那死去活来的腿。谁说
母亲都是伟大的？她一点儿也不，她
一心一意，只是疼。
连吗丁啉都摇头，连止痛栓都叹息。
她一直喊——
这些年她代我摔的跤，为我
磕的头，因挡我被车撞的伤
合成一个声音喊。

我情愿她一直瘫下去，瘫下去
也不要这古稀饿害，蜈蚣疤痕。
为何每天，你都像鱼刺鲠在咽喉
用发热提审她，用酷刑
批斗她？
不让她睡着
不让她想问题
不让她吃得有滋味
不让她觉得活下去
是值得的。
牵引器如老虎凳
每次按摩和训练
都让她重投一回胎。

她怎可能想到，会有你。

被姥爷搂着东躲西藏跑兵荒时她是婴儿，不会想

挑着行李步行50里到沙市乘轮船

赴武汉时她是大学生，不用想

带学生在王家大湖砍柴、在永合中学

日夜挖堰塘时她是教师，没时间想

用手工煤机在屋前空地连续

做完1000个蜂窝煤时她是主妇

上帝和家庭，都不许她想。

"过几天会好的"，儿女成家

孙子们一个个长大，但甜苦中间

没有空隙：膝关节

相连的骨头，和我的悔疚，长在了一起。

入院前她甚至不知道

会有这种修补

会有这种取代。

还要用多长时间，你才肯归顺

这苍老的秩序？

然后共同走向

妥协：

时光面前她早已认输

我中年浑浊的泪，也一回回招供。

求你，像养子一样

爱她，体贴她，抱紧她骨髓中的颤抖

求你站好位置安分守己

作为一部分的母亲，融进
夜色笼罩的寂静。

2014. 7

披在父亲身上的旧衣

在老家，我与上世纪那件茄克
重逢。
这被我始乱终弃的家伙
如今投靠了父亲：
它幽怨，暗淡，别扭
它用我大学的汗渍，裹住瘦和老
封堵激烈哮喘。
它絮絮叨叨，像我死去多年的表兄。
它有时空荡荡，随风摇摆，有时
雾沉沉，化得掉生铁
它没给父亲带回青春
我没能甩开衰老

2012. 9

张带诏

整整一个上午他按住我。
手指多毛，鼻孔粗大
浑身藏着隔夜的饭菜。
出师第一天，他的汗
多过我——两个可怜虫被围观
"这边，还有这边!"
冰冷的冬晨，小学门口
一群麻雀开着批斗会。

抓牢深仇大恨，修理
5 岁的杂乱无章
细心薅草，漏掉一株重来一遍
紧张作业，错一次订正两次。
我向妈妈求救，用眼泪
10 米外，四蹄被捆的大黑猪
向我求救，用嚎叫

缺医少药的剃头推子，苦命肥皂水
新围布和臭毛巾。
中餐铃敲出芹菜香，洋芋香
看客们打着哈欠散开
"快了，就完了!"

歪嘴的他，居然不是哑巴。
鼓励生效，后颈皮生疼
新鲜的茶壶盖，比老师傅还正宗。

妈妈低骂出一句"挨刀的"
她呲着牙，小心吹我脸上的血口子
原谅他吧，鲁莽粗笨的叔叔
也请原谅妈妈的白眼。
春风还没吹到，谁知他此后名扬一方？
"百家铺子百把刀，哪个不敬张带诏！"
这颗首轮剃度的头应该骄傲了
尽管它多年不敬神佛，空空如也
尽管它锈得不见一点光

2011. 8

致长在头顶的儿子

长在头顶的儿子
神气地揪着我的头发
满意现在的位置
你咧嘴，做鬼脸。
儿子，我给不了你什么
只好把你放在头顶
用尽全力，让你比我的卑微
高一点

我只有这么高
一米七二的男人
普通得不能再普通
在小小县城，做平凡的事
拿最一般的工资
不会开车，只有一所简单的房子
除了你，我只有你妈妈了

儿子，其实你仔细看，我已经
渐渐老了，白发丛生，病痛缠身。
我能做的只有这么多
把你举过头顶
让你更接近天空。

我用全身力气站稳自己，拽紧

你的脚

以后，星星你自己摘

月亮你自己摘

2011. 8

斑　点

它不是大麦町①，只是借住小区的
流浪汉，为半个肉包子
爱上我。
每次打开门，它都在感激：
摇着猛烈的尾巴。
弓身，腾跃，世故隐于程式。
缺两颗牙的嘴，保持微笑。
它有几个晨练的亲人——
尾随他们，一阵小跑。
把头埋在某人脚印，想一些
抽象的事。
而殷勤种种，从无回馈。
它有时也追赶红衣服的小姑娘，作势
要扑咬，又远远避开：
一刹那它回到自己的潦倒。
除了我，小区人畜，都是它
惹不起的。
幼儿园小班的鹏鹏呵斥："打狗！"
歪着脑袋沉思的花猫，向它
呲牙，挥出利爪。

———————————
① Dalmatian，斑点狗的学名。

它只是小区的一个斑点
谁都看得到，它的斑秃正在扩大：
像蝙蝠擦着地飞
蚯蚓，雨后蜿蜒。
白天它从不作声
深夜它狂吠，回声激荡：
也许是秋风凉了，也许是
它被寂寞吓着了。

2012. 9

朝天辫

好日子永不再回？
我抛出骨头，叫："汪汪！"
在声音落到双眼皮之际，它将朝天辫
一阵摇晃，抢先变成聋子和哑巴。

它在小区贴地跑动，碎步均匀。
蝴蝶结无人可解：前主人精致的爱。
污秽的小马甲与风共用。
没什么可失去的了，包括怀抱。

它与晨练的老人，发出鸟叫的孩子，背负
恶名的私家车，相互避让。
它功课压身，需要步步为营：
垃圾池里，所有温饱，在等待。

它应该还有一个尊贵的项圈，预支给
虚空。童年已死，大小障碍依次老去
有何颜面相互讥讽？我们都曾
以谄媚为业，并在余生深怀羞耻。

2013. 3

我所痛惜的……

马：那被羁绊的部分和放纵的部分
火柴：那被潮气洇过的部分和被自己点燃的部分
蝉：那被时光褪掉的部分和被螳螂守候的部分
树木：那被电锯伐掉的部分和被蛀虫怀念的部分
月光：那被叶子滤掉的部分和被湖泊融化的部分
溪水：那被耳朵漏过的部分和被冬天封存的部分
祖父：那被死亡夺走的部分和生前最颠狂的部分

2004

靠　拢

"爸爸，你的脚踝
也有一颗痣！"你乌黑的眼中
满是惊奇，笨笨小手
卷起裤脚，去寻自己那颗
这回你使劲抱了我，因为它
我更像爸爸了。

这拥抱，你用你的
宽额头，扁阔嘴
天生的抬头纹，左边的双眼皮和
右边的单眼皮共同完成——
它们同样长在我身上，常年
指认我，压迫我。

儿子，请看着我
已经泛白的鬓脚，深度近视的眼
走路时的左倾，它们是不是在一天天
向爷爷靠拢？如果有一天
我在街巷中走丢
我一定彻底变成了他

2014. 6

杜鹃还是布谷

"咕，咕啊，咕！"
在树顶，它用一声接一声的叫
截住支教老师返城的路。

陌生的鸟，吐纳巨大嗉囊
说无限悲苦。
他停下脚踏车，呆望一小时

天空又高又远，时间忽快忽慢
他在风中一直攥着拳头，几乎要
替它咯出血来

"大包鼓得快爆炸了！"当他
作为年迈的父亲向我转述时
已过 40 年

但他仍不明白那只鸟为什么
只冲着他叫：
那时，生活碎屑刚被扫除

病痛还遥遥无期。

作为客居湖北的广东人，他甚至不知道
它是杜鹃还是布谷

2017. 12

渴

香樟死死，护着它的叶子，上气
不接下气。越来越浅的塘里
鱼虾蹦跳，挣出朵朵水花：
一张嘴，打出一个
又一个，疲惫哈欠。

亲爱的，我这样
极度缺氧地，念你。

2012. 9

我之所爱

我爱的是"水果"的光泽和气息

而不是苹果、葡萄和梨

我爱的是"女人"的温度

而不是特定体味和怪脾气

我爱的是"世界"而不是它的肢体

在我心里奔跑的马

跟这匹白马有什么关系

2014. 7

我的光

深夜从屋顶亮瓦透进的那阵月光是我的
它为我留住半个童年

梦中从那摞作业本上溜进蚊帐的灯光是我的
母亲停在额头的抚摸令我睡得安稳。

正午从榕树的细叶间漏下的那线阳光
是我的，它健硕，开朗，见风生长。

除了这三种光，我真的
不再需要其他的光。

2014. 7

一树繁花

它好像是直接从这平房中
生出来的。一朵朵痴怔紫薇
挤在枝头不愿醒来。

它看护着破损的屋瓦，瓦楞中的
几根草。木门紧闭，打工者经年未归
而祖孙正冒雨赶往就近的小学。

枝桠间还栖着零星争吵。
旁边卖豆角的婆婆秤杆高扬
她眼里也有一树繁花。

2014. 6

换位游戏

让我双手捧脸做"小班徒手操"
让我欢乐的胳膊绕过脑袋把自己牵成一只斜飞的燕子
让我涕泪交加以身委地"不洗澡不睡觉不上幼儿园不
　　打针"
让我扁了嘴威胁"爸爸我再不跟你玩了！"
让你背起手腆着肚子走路
让你凶神恶煞用粗重嗓音爆出一阵闷雷
让你紧张地四处寻找"我的小宝呢？"
让我们换过来
让我成为一个没心没肺的老儿子而你成为
那个一天到晚被打垮的男人。
最好你成为宽厚的小爸爸，用胖手轻轻拍我：
"不要紧，你一点也不老，一点也不坏。"

2015.6

最美的花

傍晚回家，儿子心事重重。
"妈妈怎么还没回来？"
他问了一遍又一遍。他用
笨笨的手，反复摸索
书包底层的一团手帕：
一层，裹着一层
他神圣地打开：最里面
拇指大小的一截麻花
像熟睡中蜷缩的他自己。
他艰难地掰出
五分之一粉末给我，五分之一给奶奶。
剩下的，一层层包好：
"这是，留给我妈的！"

妻子说，这朵辗转从幼儿园
其他小朋友手中讨来
让儿子吞了一下午口水的
小小麻花
是她今生所得，最美的花！

2011. 10

在秋收农场爱一只麻雀

多少暴力藏于抚摸，像一场
不伦之爱：掌中这只战栗，还没学会飞
在诱捕前扑腾得毫无章法。
"拍个照，再来一张!"
我要我们脸挨脸而你扭头避开我粗浊的
人的气息
如果你有眉毛，一定是皱着的。

会议室从服务员的哈欠中泛起。
不错，正午过去，睡莲还在人世
你仍是主角和道具。但被捧给洁岷时
你细细的爪却紧抓我袖口不放
小女儿，你两秒钟的信任让我一酸：
这样轻，几乎没有任何重量
而罗汉堂里一百零八串脚步声逶迤传来。

2016 夏

两把糖

要糖的心从听到"糖铺子"这个
地名开始，足足发酵了三里灰仆仆的
土路。我刚张大嘴巴就看到了这家杂货铺
但姥爷突然消失。

"谋年！你猜我是哪个？"
他粗野的、带着黄鼠狼气息的
声音，从逐渐清晰的榨菜坛子、农药喷雾器中
跳出来，弹得柜台前的麻脸和围裙，一颤

他们大笑着抱在一起，相互
捶打胸膛，捶出一道道光：
"狗日的，狗日的！"
这是四十年没见过面的铁伙计

两把糖，他塞给我整整两把花花绿绿的
水果糖！
酒糟味中有人摸我的头
他推开姥爷递钱的手，麻脸灿烂

糖被一颗颗分给路上行人
认识的，不认识的，不管我愿不愿意。

姥爷大笑着，像鬼上身。而甜味悬浮
在那篷被亮瓦塑形的阳光中，和灰尘跳舞

走了很久，我们才回到拉家渡和姥姥
的怒骂："两把糖，都让你抛洒了！"
妹妹把我哭成叛徒。姥爷撒谎
说我们差一点就追上了瘸腿的野兔

后来他又躲起来，十八年
都没出来。那边相聚，有更多好东西分享？
"两把糖，谋年给的！"今天立夏，他生日：
满街都是他的狂喜，麻脸朋友若隐若现

2015 年夏

靠　岸

写给 2016 大水中的洪湖"游渔部落"①

一百条座船靠拢来
动荡的房屋，不安的脚。
在渔业新村你们喘息
像刚撤下的败兵
"被螺山，再驱赶了一次。"

上回是五年前，也是大湖将你们
推上岸：
"走吧，妈养不活你们。妈
也要死了。"
30 厘米②，下气拼不过上气。

此刻她浮肿，淫荡，难以翻身。
血压飙升濒临崩溃。
鱼跑了，虾跑了，螃蟹跑了
慌不择路：浪头会追上来

---

① 在洪湖上生活着"游渔部落"，渔民来自豫、苏、浙等 18 个
省市，渔民食宿起居都在湖中"座船"上。大部分为四代栖居于此。
② 2011 年 5 月，洪湖发生特大旱情，53 万亩水面中 10 多万亩
见底，湖水最深处仅 30 厘米，螺山渔民被迫开船靠岸。

将它们在过去渴死的地方，再淹死一遍。

而无论她瘦死，胖死
你们都没有植入泥潭中成为腐烂的藕梗
也没有被冲到天上
你们只是世间浮游之物
甚至轻于鸿毛

所以大人和孩子都不要吐唾沫
不要将激愤的渔网抛向半空，那
挡不住雨也挡不住娘的嫁衣
也不要试着把渔叉捅向洪湖
波光反射，会瞄到自己的心口。

现在，另外五处的千条座船①
也靠岸了——也许从此扎根。
停下来。慢慢停下来的晃动，以及
帐篷，棉被，米，油
努力熨平四代、十八个省市的颤抖。

2016 年夏

---

① 2016 年，洪湖大水，7 月 14 日，螺山镇渔业新村安置点，100 多条座船（渔民生活的渔船）再次靠岸。像这样的安置点，整个洪湖周边共有 6 处，1000 余户、3000 余名"游渔人"得到安置。

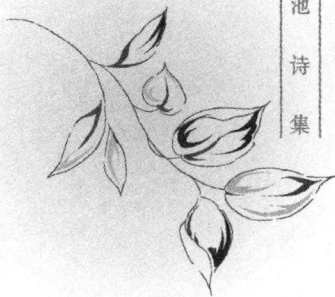

卷四　苦糖

杨　章　池　诗　集

张志桃都老了

母亲最疼爱的学生张志桃，
我家的一部分。
几十年来，逢年过节
都拜望，大事小事来问计。
"一个月没见到张志桃了，"超过
这个期限，母亲就会嘀咕。
她有什么好？矮小，不好看
从永合中学到县城新江口
她未曾年轻过。
麻烦多，把母亲当居委会。
不聪明，问东答西，颠三倒四
一件事在嘴里绕来绕去，总会
绞成疙瘩。
"你怎么跟张志桃一样？"
我们这样说，意指对方
理解力低下，拧巴，难沟通。
张志桃就是执拗和争吵。

今天母亲接电话后骂了她一顿。
去美国带外孙女，却犟着
回来，"脑筋有问题吧？"
不久敲门声响了，白发

先进来，她和混血儿后进来。
大包礼物，低眉顺眼赔小心。
糖果，饼干，玩具，小家伙
要什么，她都代表我们说
好，好，好。
"听不懂，吃不惯，想家里……"
讲起外国和洋女婿，她被彻底打败
卖假肥皂的不再是她。
和邻里骂仗的不再是她。
要和汉阳佬丈夫"撤离"的不再是她。
母亲看她，像看归降的游勇：这个
蛮缠的女人，安全地老了
她走在一场停不下的雨中

2014. 11

旧巷子

多少年了它终于
等到我：用静静的闪耀
正月初三，老光阴。

青石板自行其道
青砖水沟，开着肥皂花。
盥洗池伸出外墙，白瓷泛黄

旧式水龙头在滴答。
那躬腰洗头的女子，背影约摸是表姐
一个老人在抽烟，咳嗽，褪色的

工作服，姨父穿过。
老工厂的宿舍区，巨大的换气扇
转动它的徽章。

谢家渡，新江口镇的老渡口
多少远方来不及起航。像这条被
铁链拴着的狗，不停腾跳又一次次折回。

一些闲话粘在壁根
一些被冲刷着，往下流。

人们从四面八方归来，又无声消失

一只大公鸡突然响亮打鸣，引得
整条巷子回头看我
阳光懒懒，安详温暖。

他们劈柴，用木炭引燃煤炉，用蒲扇
扇风点火：
我需要这烟火
帮我还魂。

2013. 2

澡堂逢王强

我叫"老张"的时候
他从搓背老头忙活的手中
飞来一双白眼：冷风
吹进雾气腾腾的屠宰场。在一堆
混乱的肉中我们相互错认再帮着
对方还原。

当年的京剧团子弟淌着汗。
前小镇台球厅老板
体毛凶猛，阳具晃荡。
一起摸摸，混浊的池子里
还剩下什么：
他伸出闪电的双手，把九个疯子
码成标准三角阵。
"你当时在报社上班……"
"我没少在你那儿花钱！"
他屈尊陪我练习
昏天黑地，撞击声声清脆
三竿进洞，苏秦背剑，我们各怀绝技。
竿头伸缩如毒蛇

乔克①芳香的粉尘，簌簌落下。

瘦长身型，瓦刀脸，依稀还是

《沙家浜》里的刁德一

唱腔空远，表情过于敌人。

他母亲的沙嗓子中藏着复杂身世。

他妻子右眼斜视，有城郊村的小势利。

轮流送饭，看场，她们

以为会一直那样活下去。

某年，我们相继失业——

剧团解散。台球厅倒闭。报纸停办。

（此处握握手，互拍一下肩膀）

"毕竟，武汉机会多一些……"

一声叹息，绕过若干盘问，被传销

和 8 年的地下室

绕过我的死水微澜。

省城某建设项目合作人

无名指上，金戒指晃眼。

哈欠连连，老张开始清场：

两头饥饿羚羊，再无污垢可搓，也无

更多食料可供反刍。

内衣各自内向，外套贴上标签：

---

① 乔克［chalk］，击打间隔中涂抹在杆头的蓝色小方块，成分为滑石粉，可增加摩擦力，防止打滑。

生意人的排场和公务员的谨慎。

澡堂外，候着一截

干冷的冬天。

2011. 12

小镇答案

每个清晨，每个囚牢。
我在墙壁上层层涂抹——
沮丧。
香樟树不住摇头，边哀悼
边赞美。
轰鸣阵阵，拖拉机突突地开近
浓烟里露出"洛阳"的脸。
梦中女子还在跳舞，眼神凛冽，嘴唇凉软
酒窝中有去年未化的雪。
我揪住一个影子，告诉他
我既是外甥，又是舅舅
请务必忘掉：
我二十年前就已消失

2012. 9

出生地①

四十年后，这个村庄仍然叫作

拉家渡。这所学校

我还想继续叫它：永合中学。

学生食堂不知道，它前生是一排

土砖房：姥爷和我做的风筝

飘在某间屋梁。

喧腾操场，来自寂寞池塘

女教师在此洗衣，槐花无声，落满肩头。

高大水塔，脚下曾住疯子家宽

我7岁时白眼朝天，冒他名号吓哭同桌。

"故地重游，还要找出哪些?"

当村支书的同学，唤出校长。

教室是新的，但它长在外墙的

革命家、科学家是旧的

他们肃穆的教诲也是旧的。

自鸣钟用四十年前的声调敲打时间，宛如

声声棒喝：

那时母亲年轻，美丽如月

---

① 作者父母曾在湖北省松滋市南海镇拉家渡村永合中学任教多年，作者在此念至小学三年级，度过大半个童年。

那时父亲挺拔，干净温柔
那时校长是天底下最大的官。

2013. 9

十三妹

"身虽女儿身，心是壮士心……"
像这首张大嘴巴的主题歌，你最初
浮出时，我们都是发愣的好孩子。
中秋，初二（五）班的文艺演出
京剧团长之女，眼睛亮得像新学的粤语。
那晚你是蛮横公主，用海鸥洗发精
湿漉漉的气味砸我，像一记闷棍

那晚你头一回发出自己的光：
成绩背虎榜，也能当侠女。
在进行曲中游泳，因发育提前遭遇
嘘声，羞耻中的小小得意。
十三妹，哦，十三妹
远成一个传说。初中毕业
闯社会，攻克一个又一个男人

新江口，某年的春晚舞台是你的：
长筒靴让大腿更白
腰肢愤怒，无限追光相随
剧烈腮红如何能敌假睫毛忽闪惊人？
你扯动自己，烟熏嗓吼出胸中猛兽：
"Bad boy, bad boy,

你的爱让我太无奈!"

15 年前撞见你在宜昌,为一家
新开电器城设擂。蹦跳,长啸
请大家答题,猜谜,燃烧
二三十潦草观众中并无高手,不然
为何你接连挑战帅哥,大妈和十岁顽童
个个不作声?舞台多寂寞,你的甜
只是一截霜打的甘蔗。

侠女一往无前,接续所有剧情
抛夫,弃子,结婚,离婚。
今天在社保大厅拥挤的长队里你晃了
我的眼睛:浓妆下,一张快要垮掉的脸。
"绝未吐旧日悲音"
你一次次穿越的江湖里
刀剑如梦,问题高悬。

2014. 8

羽毛球赋

清晨飞，带梦中腥甜
黄昏飞，伴广场晚年。
飞到西飞到东，不知疲倦
流泪的鸽子。

怎样才消停？一头
扎向脚底。逃到树杈间。
躲进二楼窗缝，怎么叫也不下来。
或借一阵风远遁，晃悠悠地

像个花腔女高音。像大一那年
教你握拍的师妹涉过重洋
给双臂留出一个怀抱：
"我大病已愈，白云飘到今天。"

终于等到，灯光在窗口亮起
晚餐前我们要完成最后一个回合
往返奔跑，耗尽力气，想喂饱
所有的真理。它俯冲了！
嗡，嗡，轰炸机在眼前炸裂。

2012. 11

五金水暖门市部

底层的呼吸是一湾静流
在阴影中端坐的人
脸上落下半边阳光
另一半，护佑他身后
锈迹斑斑的配件，而货架蒙尘
避过凶猛饭店，绕开燃烧的时装店
他是自己的招牌和力量

钉子锐利，电线卡友善
五插开关一味乖巧
生料带委曲求全，膨胀螺丝
蓄势待发
三通，水表，气门芯各具绝活
它们绕作一团，成为你睡眠里的脚
可以被触碰，但无法被说出

2009.10

县医院

这楼群可不是供乡村孩子进出的
30 年前我在一条过道里走失时
母亲喊破喉咙，却寸步不离它闹哄哄的正门
"明亮，并像悲伤一样干净……"
挂号交钱，一纸处方行云流水。
古老石板坡是它严肃的腹腔
住院部里担架匆匆，电梯满载
白大褂姑娘手端托盘，鱼一般穿行。
它用暗道私通环城路
后门的葡萄架在假寐，习惯了

救护车的长音催命
重症病室的急救铃呼喊。
全县最密集的日光灯，最白的墙
同样习惯了王娜的高傲
"大夫的姑娘和我同桌！"我讲给母亲，饱含
敬意：新鲜的来苏水味儿熏晕了五年级少年。
女大十八变，它和王娜一起脱胎换骨
创"二甲"、考高中、装修、整容
增添的两栋大楼勾心斗角
进来容易出去难

受着迫害，我将一批任务命名为"恨"：
霸道的汤药。阴险的糖衣丸子。
无数的屁股针和比数学课还长的吊针。
拔掉的四颗智齿。包成粽子的脚。
囊肿手术，那刺痛尖锐如新。
父亲喘息着，渐渐背不动我。
"永远不要胸透，那黑暗比呼吸还重！"
在体检中心，我领妻子接受婚检
斜乜眼睛的王娜让我抬不起头
在产房，我抱回心爱的儿子

穿过七弯八拐的回廊
无限接近那白布
我用痛哭送走姥爷，用沉默
引渡不相关的若干人。
病历常在手，往来皆专家
父亲谦恭如学子，母亲术语背如流
而晚年的寂寞越来越老。
多少人都这样
来去匆匆，被它牵挂
但对它午夜的钟声不置一词。

2010

我的居所

多年前这里栽种庄稼
稻浪滚滚，牛羊成群
风收获一场场绿色呼啸

后来这里栽种厂房
生长上工号声和闪光汗水
钢铁的撞击彻夜不息

再后来，这里栽种店铺
带来沿海的气息。省城
格调，融进我们的口音

目前这里栽种人口
我，这株营养不良的植物
不住喊挤，却向着空虚继续疯长

它总在死去，生出另外的自己
无数个我面对所有问题。

2009

垃圾场

穿过跃进路，往民主街菜市场途中
久违的气息将我唤醒：
这堆白菜帮子、烂水果以及
风中起舞的塑料袋
旧电影中的游乐场，天堂混沌未开
火柴盒，旧年历，缺页的破书
静静地，已等候多年……

钢笔帽就是戴眼镜的中学生
蝴蝶结就是苹果脸的胖妹妹
旧球鞋就是长跑，是横在心中的体育课：
"加油！加油！还是慢了 20 秒！"
空酒瓶，初恋的霉斑洇在瓶底
而上世纪的磁带依然心事百结
它曾从姐姐少女的木窗前划过

舒缓曲调，托起昏黄的老词汇。
一条破红领巾唤起小喇叭，星星火炬
和宏亮的第七套广播体操
半个作业本，找回
作文美梦，英语迷梦和数学噩梦
长条蔫黄瓜拖出夕阳下放学

一天天沉浊的疲倦

两本连环画
一个早衰男人，一个迟熟少年
迅速合为一体
光芒刺目。碎镜子映出一声尖叫：
"五步之内即异乡！"
我收起自己
进入一个人的感恩节

2003. 1

骆驼走在民主路

正午，一头骆驼走在民主路。
伸长的脖子在渴望，但它
安详，认命，勉为其难。
两趾蹄简单但长睫毛
藏着反动。
下垂的目光，每秒钟都盯着死。
一只驼峰兀立不动，不代表
另一只也能止住颤抖。

它牵着
缰绳那头的男人，女人。长脸变成
长发下的短小黑面，头巾遮住贫穷。
"照相五元！"广告牌在喊叫
三轮车上，希望的黄牙咬着异地神情
缓慢中有焦灼，有
忍不住爆发的瞬间：
铁梯子托起小心翼翼的攀爬
两峰之间的肮脏秋天
托起一个屁股，又一个屁股。

哦，它的斑秃，我的破绽
它的混沌，我的虚空。

它和它的两个仆人。
她和她的两任丈夫。
他们，和他们腐朽的儿子。
一家三口经过正午
哑口无言的亲人经过民主路
它，她，他，依次
用目光叫我一声。

算了吧，哪儿都没有故乡
走得再远也是和自己
一遍遍地兜圈。
花环绽放，恰如
以讹传讹的水囊，一半
装往生，一半装来世。
前一步总会拖垮我们，下一步
总会截住我们
来吧，剔出蹄缝中的沥青
一颗颗送进绝望的胃

2011. 11

机帆船

傍晚阳光涌进船舱，使它向左倾斜。
抽烟的人跟着一晃。父亲带我去
磨盘洲，是很久以前的事情了。

突突突突，它不听故事，要阳光
刺我眼睛，拍我屁股，颠簸我呕吐
爸，四岁的蟒蛇，死缠你上班的路。

它陪我走进你摇晃的教工宿舍
对龚叔叔翻白眼。磕损搪瓷杯。打尿惊。
持续整夜，轰鸣变成朝读，赶我回家

父亲牌机帆船，咳嗽至今。
磨盘洲牌机帆船，在我耳中开到此刻：
而我拎着罕见的苹果，姐姐妹妹还在梦中。

2015

唰刁子①

"唰"地甩出钓竿,再用寸劲
掣回。他在疾走中重复的这组动作
十步之内必然扯上一点银白。
堰塘映出两张晃动的脸:
前面是逃学佬,怕死鬼紧紧尾随。

乌云翻滚,燕子和蜻蜓抢食天气
比着看谁能带来一场暴雨
刁子鱼不住安抚,求饶。
我们刚刚一起挨站,一起被揪耳朵,却
艰难地讲着笑话,用自造外语

交流,假装吵得唾沫横飞。
而家柱八岁时的确淹死过,后来又活了。
谁小时候没被灌大过肚子
他就不是湖区的孩子。
牵着危险的牛眼睛堰我们把

满脚泥泞甩到今天。逃学者

---

① "唰刁子",江汉平原湖区人们常用细竹制成的钓竿钓起行
动迅捷的刁子鱼(学名翘嘴鲌)。

逃向哪里？眼前的

中年农民：扬手姿势这么熟悉。

但黝黑和皱纹，拼不出一个完整的他。

唰，他起竿了，一条蹦跳的刁子鱼

像我长时间冥想后突出逮住的一句诗。

2016. 7

南方声调

南方亲戚带来蔚蓝的风
客家话刮走父亲终年的咳嗽
姑姑和叔叔，用奇异嗓音请出祖先和所有故交：
广东省，兴宁市，宁中镇，上茔李屋
由远而近，从小到大
一座围龙屋凭空立起来

这么老的父亲，居然年轻过
甚至当过一个婴儿，哭声惊人。
亲戚们只说高兴的：
不良于行、一再眩晕的他
此生应回不去了
他们用厚厚一打民歌歌碟

为他按摩，疗伤
解放困守他体内五十年的老家。
而亲戚们离开后，兴宁调顽强搅拌在
父亲的松滋方言里，让他话不成句。
哦，无足轻重的人在异乡老去
儿女在外，眼睁睁看着禾苗返青

2016. 3

坐船离开拉家渡

从电排站上船，西北行驶 30 里
就到县城新江口，而这
要走上一万年。

像拖拉机一样突腾，我们
再大声说话也只能捉到几个音节
甲板颤抖，铺满麻袋和屁股

姐姐妹妹如纸片，在咳嗽和劣质香烟
气味中，左飘右飘。
母亲握紧帐竿，她刚剪去长辫

变成真正的妇女。
父亲是个背影，用干净厌弃我们。
不如炊烟：它会挽留

不如戴草帽的陌生人，他在远处挥手
无声呼唤我们。
也不如都长了根的牛，它们

有的低头吃草，叫我心里一热
有的抬头，望我的眼神酷似姨婆。

坐船离开拉家渡，我将

结束村小的双百分和传奇生涯
（"他爸妈都是公办老师!"）
开始漫长的四年级。我将从乡下的城里人变成城里的
乡下人。

2017. 3

清明，还乡

村后的河更窄了些
我的旧居更老了些
左邻右舍更旧了些
风里奔跑的儿童更脏了些
叫我小名的人那么模糊，我怎么也认不出

这是来时的路，也是金黄的痛。
小径藏在油菜花深处
一畦青草。一方小丘。一棵树苗新长出
11年了，碑上的名字都淡了
那职业的庄稼汉，长年累月的渔夫

一定习惯了这长眠
更别说等了他16年的外婆
她撒手时，他不足50岁，还是个中年
"已经发生，就会持续发生……"
那一天我同时失去了乡音和摇篮

在墓前。我收起历年堆积的自我责难
这肉身不完美，这心智太浅薄，但外婆
借道母亲赐我的
眯缝眼仍能使用，扁阔嘴仍在说谎

这些年，冒失和羞怯，外公血系中这对死敌

仍在争夺我，此消彼长，或强或弱。
屈从于那力道的摆布，细线的牵扯
我将多重身世扎成一束赞美：
在冥币、香纸和灯笼中，他们是神
在越来越长久的寂静中，他们永生

2010. 4

河那边

河那边有不同的方言。稠密树林
黄昏时分就黑作一团
像我远房的亲戚，至今不共往来

河那边的天亮得很早，公鸡很贱
它扯起喉咙，搅乱三千鸭子
而姥爷的晨鼾还飘在霞光中

河那边的伢子很危险，逃学者们
隔河跟我们打仗。他们唱：
"河那边的人，肚子疼，肠子掉了不省得……"

河那边的哨棚和鱼筏都会赶路
我四年级时一船坐到县城，成了回不去的新江口人
我有时指着对岸讲给你听，也讲给自己听

河那边很远，像过去的三十年那么远
而对岸少年还吹口哨，用网打鱼，用卵石
掷来高高的抛物线

2009

少小离家

我记得那夜空
那样大，离我这么近
雾气从四面罩下，化成露水挂在眼睫。
我躺下又坐起，石棉瓦在身下嘎嘎响
仲夏楼顶凉风袭人
我将自己抱紧。孤独的月亮旁，几颗星。

我记得那耳光从母亲手中飞出
难堪的期末分数，竖起的眉。
夺门而出的脚忘了鞋
烈日灼眼，避开迎面的几张脸
站在街角橱窗前，假装看报
眼睛红肿，衬衫愤怒，纽扣委屈。
菜市场肉案孤零零，腥味刺鼻
盖过父亲的张望和母亲的沙嗓子。

我记得那码头，汽笛低沉
机帆船冒着浓烟突突靠岸。
成筐川橘，香梨，在挑夫肩上
蹦跳，芳香藏身汗臭
刀疤脸把墨镜摘下又戴上光头人贩子
向我冷笑。

我停脚，从颤微微的踏板
收回狂跳的心

我记得那月光，昏黄，幽暗
我在宿舍楼顶把自己躺好。
隔了一层楼板
身下我家的玻璃木窗远在千里
白炽灯亮了又熄熄了又亮
父亲在咳嗽，母亲在哭

我记得那石棉瓦在月光下耸立
我记得那嘎嘎声将我出卖
我记得那两个人影，"回屋吧，"
扯着我下楼，进门，热气袭来
我记得那怀抱，紧得像捆绑：
母亲使劲揉我的头发

2009

透 支

亲爱的新江口小镇
我还能对你说些什么
多年前的预演，每一次
都撞出我的苦。
每一次灰溜溜回来，我都
狠狠抱你，骂你无限的好。
甚至只在假想中去流浪，我也会伸出手来
抓你：
寒冷中的襁褓。
溺水者手中的稻草。
今天，我终于真的离开你了，却再无
热泪可流：
一只弹弓过度拉伸
呈现范性形变的劳损

2013. 9

惊 弓

我一直在寒冷的天上飞
云层如铁，翅膀滞重，拖着
还乡的心。
我一直不敢提及体内这口陷阱
痂垢重重，多少岁月在此深埋。
我一直等候着那声锐利的弦响——
破空而来，瓦解我
千疮百孔的自由。

2013. 9

朝三暮四

母亲更加沉默了。

从我调到荆州，她就

精神不好，脚跟肿痛

额头嵌着一个破锣。

昨晚，我掰手指跟她计算：

周五晚回，周一赶去上班

可以在家呆

三晚，三个早晨，整整两个白天

我并没有完全被荆州夺走：

"这叫作，朝三暮三。"

脸舒展了，母亲

还嘀咕了些什么

——像昨夜的风，刮到

今天早上，推我走上冰冷大街

追赶疲惫早班车。

——像她的高血压，父亲的心脏早搏，一起

绑在我的小腿上。

哦，橙色清洁工挥动扫帚，让小镇

继续温暖。

车窗晃过那么多熟悉的脸，两小时的

磕碰里我不断想象着：

秋风里，做一个朝三暮四的人
有多么幸福。

2013. 9

月亮不像说谎的样子

月亮最圆的时候我呆在东湖边上。
儿子靠着我，先和奶奶通话
再和爷爷讲：
用最土的南五场方言，包裹着
哽咽和青春痘。
这么快，他刚被省城高中抢走
荆州又拦腰要了
我的后半生。
哦，双亲年迈，妻子忙碌
他们停在老家。
我问，二老怎样？
"不错，看上去很快乐。"
不用说，两双苍老的手
一双摩挲着儿子生锈的铃鼓
一双翻拣着我未完成的诗。
家务少多了，时间太慢了。
他们说，别挂念，
一家三地，也很有趣。
可月亮这么亮
一点都不像说谎的样子。

2013.9

黄昏在北湖游园

夜吞食仅剩的光亮。
孩子们的欢叫被密封在一只
水球里：它承诺不再翻滚

灯亮起一盏，水面就配套一盏
大红招牌和蓝色轮廓线
波纹声响各自不同

垂柳都在入定而一株乌桕
明显是生病了。小虫吊着蛛网把"寒露"
这个节气递给我

广场舞把一首首新歌跳得和她们
一样老。卖凉粉的人猛然回到
小学课堂，粉笔灰簌簌地落

疾行者铁青着脸奔赴一个重托
温和的反抗者在踱步，被生活倒拖
闲谈家上下打量，他们用唾沫

制造出一个我以备替换之需。

不，这不是淹死小学同学的那口堰塘。堤上的
卡拉 OK 从 20 年前传来。

2016. 9

打夯机在说话

相逢的清晨
我刚刚转到县城小学
眼看孤独就要放大
乡下口音就要露馅
书包笨重，九月的阳光烤脸

可我听见了嗡嗡，嗡嗡
那负重老牛的呻吟
那放大了的，乡间水碓的歌唱！
四年级新生的抗拒和畏缩
被它轻轻拍打：

它告诉我
从乡下到城里的路，好长

2006. 10

卷五 细软

杨章池诗集

雨　后

地上樱花，瓣瓣横陈如
骨缝里的痒。
鸟声左一下右一下
安慰着，不时走神。
疾驰的车和疾行的人
坚定朝向远方。
"我怕来不及，我要抱着你……"
擦身而过的女人瞟过一眼又仓皇避开：
我不自觉唱出声的歌
击中了她
让她红脸，并晃了一下。

2017. 3

公务员考试

1. 选择题

每条鸿沟，每道深渊
A，或者 B，还是其他
一个，还是多个，以及
它们背后辞不达意的真相

证据逃离现场，面具支撑灵魂：
"我知道事情的全部真相！"
这陌生的，犹疑的，狼狈的
失去雷声的闪电！

2. 判断题

不是，是，是，不是
像每晚晦暗的祷告
一次次，必然的骰子抛起又落下

这样的两难，无法摆脱的一生：
那酗酒，滥赌且面目浮肿的
是不是你剩下的 32 年？
苍白的，骑自行车的

是不是妻子的丈夫，家庭的模范？
那竖起衣领，内心紧缩的人
是不是渴望着开口而说出的

总是"不！"
像一个溺水者
越用力，越将自己沉得深

3. 论述题

捡，缝，粘起它们
这堆静止的、彼此陌生的碎片
原理是必要的，而你
雨天迟到者，总是逻辑混乱，关节僵硬

怎能悟透这含糊暗示
又如何将这颓废的美，生活的恶
送达一个黎明的哭？

2003

在成语背后（组诗）

塞翁

"只有较坏，没有更坏！"
他的声音在内心奔走
追捕安宁

第一次，他失去马
第二次，他失去儿子的腿
第三次，他失去自己，走进所有人的记忆

一味苦涩的药，在熬
一声酸楚的笑，在飘
一场梦无痕，留下燃烧

他仰起头
万千马匹猎猎驰过

舞镜

舒展无双的容
旋转轻盈的圆
摇曳曼妙的姿

对镜，我舞出全世界的孤独

"天下至爱，出于自爱！"
与那个魔纠缠，再纠缠
至晕眩，至咯血，至跌落
我的舞，燃成斑斓的火光

刻舟

让我们凝望，在这里
刻下今生盟约

全神贯注
世界停驻
手不要颤抖，心不要疑虑

看江流湍急
烟尘弥漫
重重山影将我们掠过

循着记忆下网
我们定能捞起
那把湿淋淋的时间

亡羊

是啊

羊都没了
我还修补些什么

一次次明火执仗的劫掠
我却怀着
莫名的期待与惊喜

城防空设
欲拒还迎
一阵一阵的风，刮过

如今
你已不再来
羊都没了，羊圈空空

对，我是在建设
一座小小纪念馆，用你
曾经的身影和气息

叶公

无处不在的是你的影子
我，一粒孤独的尘埃
囿于翅膀和内心
进不能进
退，亦不能退

只能在蚀心的思念里

将你描摹，剪裁

而当那一刻突然来临

雷电交鸣，云呈五彩

是你的真身来临

似海浪，将堤岸猛烈击拍

龙呵，我只能以惊惶逃避

来遮掩这绝望情怀

就让我停在他们讥诮的口中吧

我决不会说出

这俗世，你曾路过

2005. 8

烧电焊的人

藏在铁面罩后，他抵挡着
自己弄出的光：一万条线
努力缝合互为异己的两根铁

有枪在手，就无剑花可挽了
烟尘中他以蛇信舔出吃吃的笑
和一座灾难深重的锯木加工厂

全世界都在熔化：
笼中猛兽，要嚎干最后一滴血
而他的蹲伏始终像探雷

什么时候铁不再弹跳，红得发亮
什么时候焊芯温顺地脱去药皮

一场春雪来了又走了。他
开始流泪，要为脱轨的两截气候
焊进外乡口音。

2014. 2

北戴河决定

父亲还算年轻时，去过一趟
北戴河。
在那里他学会了孙猴子的分身术：
烟波浩渺，他同时站、蹲、泡
在岸边，滩头，和蓝色浪里。

而作为一个持久骗局，照片
总会发黄，褪色，总会被一遍遍
往深处拖。他用两个自己
陪着一个自己，光荣摇曳。
渤海太凉？他望向右边，也就是

1996 年的秋天——我在未来岳父家
撞见了相同的、樟脑味的北戴河：
一样的白云，一样的海水，他也
化身三处，若有所思。
哦，30 年前的中学教育研讨会

两名沉默的语文教师，像两只
莽撞海鸥，衔来各自的骄傲和涣散：
"在那里，儿女婚事被提前默许！"

风吹来，掀动什么

远方空空荡荡，未来遥不可及。

2014.6

柚　子

中午的梦中我尝到了
柚子。它青草般的气息
又远又近，像我，
一个大白天躲起来的人
吹不燃，打不熄。
"每一个障碍粉碎了我"
它可以从高处跳下，也能
在中途迅速枯萎，光芒
一闪即没。
当它把自己剖开，这青黄不分的
重
开始酝酿下一个梦。

2014. 8

又一个清晨

每天的嘉宾指点江山，电视
统治人类。鸟声恳切，玻璃外
有一个意思就要直接蹦出来

黑暗盘旋离开，厨房如此干净。
碟子盘子轻轻磕碰，妻子端来
素净早餐，脚步无声。

满院子的杜鹃花都同意了。
你的爱，多么突然
就如它当初的离开。

2014.8

猫官人

他是懒腰，是毛茸茸的辩证法
他同时拥有大踏步的傲娇和
踮起一只前爪的谨慎
他有海盗的面孔和政客阴晴不定的眼神。
在我胳膊上留下抓痕的不是他
是他反抗进化论的先祖
他只会，一次次捧起我的手指
比看相师还专注——
爪尖缩在软软肉垫里。
他把自己化成一道光
英勇冲锋，警惕回防
而把我捺进剧情中：时而
当老鼠，时而变猛兽。
他抢夺围巾不让我出门
霸占拖把抵制卫生
他把自己装进手提袋
却在开饭时拖出支部书记的长音。
熟练：他从无线电修理指南上无声跳过
唤醒鼠标启动屏显。
富于耐心：它永远是
解不完的方程式，等待填充的
完形填空。

而作为一名男性，他本不该
如此柔媚：
蜷在床上的自由大于被批评的自由。
哦，裤管和膝盖，心爱的抚摸
无敌大尾巴拂动极简主义的荆州
他还会有一个二次元的微笑
浮在他离开后的空气中。

2014. 8

咽喉炎

一千斤棉花在叫："渴!"
一万根鹅毛在说："痒!"
一百条毒蛇猖猖地吐着
分叉的信子，涎液
滴淌。鲜血流过龟裂河床。
一个煤窑在燃。
一座化工厂冒烟的排放
行将引爆
一片薄薄的肺。

我呛出前世的灰尘，吞下
哗变与堵塞。
我从心里生出一只手，用它
撕碎喉管抠出里面的罪：
这早已潜伏至此，引而不发的
中年。

2013. 4

悬　挂

惊叫！
那套豹纹喜绒的睡衣，从展览队列中
指控我①：
嚣扰街道，低眉顺眼的
另一个我，在示众。

我曾和它一起看电视，拖地
上厕所，熬过漫长冬季
上手术台，在孤单病房相依为命。
它扛着我的罪直到今天。

2013. 2

---

① 笔者在服装超市突见自己日常所用同款睡衣，乃有此诗。

亲　人

一头黄发遮住年龄，一爿
门面越做越小，失去招牌。
但小镇五年来新开店的，三成
是他徒弟，六成是徒孙。
他自比母狗，所出
剃头匠，一窝不如一窝：
"某人太躁，某人
太懒，某人慢得像蜗牛……"
他运剪如飞，飞出唾沫，盘点小镇
顶上功夫：
推剪剃刀才是王道
哪用这多花哨！
今年他明显枯瘦
更爱随地吐痰。
但我只把脑袋
交给他
及其腌臜破店
我们已经是亲人了，因为流到一起的
泪：
去冬我在危重病房痛别岳母时
隔壁的他，同时被肺癌
夺走弟弟。

2013. 2

盲人理疗师

这里，这里，还有这里
他一伸手，就握住我的痛

在脉络间行走
点燃病灶
他比我自己
更像这副躯体的主人

放松，再放松
他用言语消解我的肌肉
又用力将它唤醒：
否定之否定，远胜于虚无

疼痛哲学家，悲悯的窥探者
透过西服里的残损青春
他卷入我
疲沓的、难以启齿的每一天！

2005. 3

透　视

戴眼镜的朱医生说，得做个透视
让 X 光走进体内
将我 34 年的肺页细细翻阅

同样的名词，与同样戴眼镜的
朱老师有关，与同样安静的
小学美术课本有关：
街景！白杨树依次列队，排向远方

美术教师朱大平
我五年级时调往东北
死于肺癌，时年 34 岁

2006. 6

两只猫

小餐馆里两只猫依偎烤火
眯缝的眼和天气
一同起着皱。
我"喵"了一声
黄猫走着猫步过来，摇尾巴
蹭我的裤脚。
他用呼噜告诉我，他有
九条命，所以不得不懒。
花猫窜到一边，神情机警：
她可能是位女猫，生性羞涩
她也可能是位智者
一眼看出我是个傻逼。

2012. 1

强迫症

最近他开始怀疑自己
开始对记忆不放心，自我较劲：
"你没有、你忘了、你不敢……"
他一次次用行动回答，又用新的挑衅设问
他隐约记起，这声音曾驱使少年的自己
砸碎过后街的路灯——
狂奔的心跳多么剧烈！
眼下，他的混乱要严重得多
你想想，一个欲言又止的人
动不动就突然回头
就好比整个生活都在手中，松手即碎……
同事小马，支气管炎患者
为他剖析病情：
"你得战胜它，像我一样！"
今天，综合治疗显出效果
清晨出门时，他没再回头复查门锁
口里还哼着"想唱就唱要唱得漂亮"
这一点得到小区保安的确认
好了好了，这件事到此为止
让我静一下，想想小区的安全问题

2005. 9

白云在忘

伸展手臂，踢出腿
叉腰，起踵，滑步
"一朵白云飘过来……"
她踏着音乐变成忘我的白云
忘了自己是在舞台下面
忘了头上红红绿绿的同伴也在跳
她这么标准，近乎凛然：
小脸绷着庄严，肥大的
一年级校服没能拖垮她
躲在"大桥味精"围裙里的母亲
不敢看她。
她长得那么好看
尤其让我心酸

2016. 4

暮色中

暮色中他们的谈话慢得
如同织一匹布，烧一壶
永远烧不开的水。
钢琴黑键发出低沉自语：
不求听得见，更别说被理解。
当父亲老成孙子母亲病成女儿
除了过去还有什么值得说的
要什么就有什么，不要什么
就会永远失去它
如光洁的前额和没有读完的书。
灯只开一盏，不用打开窗户说亮话
两条鱼静静吐出各自的潮湿。
这样的暮色每天都在降临：
一间旧屋仍在缓慢生长
鸟张开翅膀，无声飞翔

2016. 6

搓背师老王

老王总是张着耳朵

"老王搓背!"
"搓背!"
"搓!"
一入冬,赤条条的喊叫就在水气中冲撞
一声比一声简单。
他在澡堂穿行,使着力气。
他时时张开硕大耳朵:
深夜,从麻将桌,夜宵摊下来的人喊他开门
开春后,家中的婆娘和家里的三亩麦子
喊他回去。

农民老王

他来自河南省,许昌县,灵晶镇,某村组
枯瘦黝黑,抽廉价香烟。
他用握锄的姿势拿起
粗糙搓澡巾。
搓吧,薅草吧,狠狠除去这人间多余。
"毛孔敞开,壤情良好……"
浇水之后,他在背上再打一遍垡:
好让庄稼萌动。

老王不是农民

我和他有过不止一次攀谈：
"冬天过了回去干什么？"
"都机械化了，没有事情做，
都在玩。"
"玩什么？怎么玩？"
"没什么玩的，不玩什么。"
1958 年的老油条，不再是个农民。
他只念叨工厂做工的丫头，和
两千块①的儿子。
休息就是闷坐，在一群
打牌人旁边
他有一眼没一眼地看。

老王名叫王朝殿

我从对面墙上的安全责任表
读出他的名字时，已叫了他
六年老王。
一床薄被子，一个旧茶缸，
一把脱毛牙刷，一副污黑毛巾：
这是他的全部家当
它们都叫王朝殿。

2013. 8

---

① 违反计划生育政策被罚款。

卷六　归途

杨　章　池　诗　集

反义词

自我的责难突然减轻。当这幽微
轻轻滑动，世界被推向远方。

多像一对反义词：我们直立行走
它匍匐前进。我们用眼睛

吃掉一个个永不再现的站点，
而它用女声的亲切，规约途中风景

我们胸背相叠相濡以沫
像鱼一样，吞下彼此的呼吸。

它 3 分钟停一次呕出一部分
我们以便怀上更多我们。

我们对自己和他人撒谎，它不会：
按时出发准点到，多少石头都落地。

收班，刀枪入库：一身疲惫钢铁静卧
歇息。而回到地面，我们的奔跑才刚刚开始。

2014. 11

重庆乱弹

每个被闷热熬醒的黎明，身上
都压着一座不苟言笑的大礼堂①。
晨练者集体关闭眼睛，舞姿舒展。
抡动鞭子的女人
对颓唐陀螺，泼洒一辈子的恨。

每阵云打马而过，都会轻唤一声：南方大草原！
下一个十分钟：阳光的波浪抹尽阴翳。
孩子在跑，婚纱在闪耀
我用反季节的风筝
编造一个灿烂童年。

每条龙都曾住在我的袖间，枕间，和屋梁上
为此，在天生三桥我错怪了我的眼。
每次俯冲都掠过今生：
武隆天坑，那小院杀机重重
黄金甲②困住一个个朝代。

---

① 人民大礼堂为重庆标志性建筑，下节提到的南方大草原位于武陵仙女山景区，属高原草甸。天生三桥指黑龙桥、青龙桥、天龙桥。

② 武隆天坑为张艺谋导演影片《满城尽带黄金甲》外景拍摄基地。

每座高楼都有它的眩晕。

在朝天门我与两条江①缠绕厮磨。

在瓷器口，我被麻花咬了一口又一口。

每座假寐的咖啡馆，都用

某件往事，绊你我的脚。

在安逸和巴适②面前，我只是个

贪婪打望的人。我只想

慢下来，等一首诗跋山涉水到达我：

几多麻辣穿肠而过，几多美色

堵在心间。

2013. 8

---

① 在朝天门可以看到嘉陵江与长江交汇。

② 安逸、巴适：重庆方言，表达赞许，意同"尽兴"。打望：闲逛，看美景，看美女。

舷窗观云

绵实的大手把我们握紧，举在半空：
原来，悬浮可以是静止的。
轰鸣可以是无声的。
虎群的咆哮可以是温柔的。
今晚我将降落在一个叫云南的地方：
她要像故乡一样安详，我要像云一样安睡。

2012. 11

在黄龙

我和你生着病，赶着路
把瀑布逼回原形
这情形多像黄龙诸峰：
一座山生下另一座山，一团云
吞下另一团云
群山各自肃穆，白云
没心没肺——
沿途多少经幡被挂起
多少兄弟奔波在外
淋着雨，呼吸着灰尘。

2012. 10

3 月 15 日，从深圳飞北京

19 时 35 分，1304 航班
止于他的慌乱：
波音 747，盛满 400 人的空中大巴
像超员教室一样嗡嗡骚动
他戴上耳麦，指望着避免一场小飞机上
屡试不爽的耳聋。
情况有所不同，他听着音乐和新闻
几乎忘记了飞行这回事
直到波光潋滟的空中小姐送来晚餐

刚打开餐盒，右耳就噗地一声被查封了
他摇摇头，苦笑着
挥动刀叉，开始将牛肉分割。
飞机，带着半寂寞的轰鸣还在上升
14 千米，16 千米……
当他将最后一点米饭送进嘴里时
右耳也被突如其来的宁静覆盖
（多像一场无声大雪）

幼年的梦重来此时，此地
父亲的鼾声在大雪中弥漫
谁怕孤独，谁就装作热情如火

后座那两个一上机就热聊的生意人
在远方讨价还价，隐隐还提到他
他蓦地回头，两张吃惊的面孔近在咫尺
陌生如右耳，顷刻解禁闭
鸟语花香，扑面而来

当安全带再次被提及的时候
左耳的秘密也悄然开放
没有什么要帮忙的了
行李在头顶跃跃欲试
家在两千里开外静静休息
他将降落北京
从名词到形容词的
越来越大、越来越具体的北京

2006. 4

10月，四个朋友去深圳

火车咳嗽着把我们交给广州

地铁及时将深圳交给我们

一路升温的不仅仅是天气

我们的朋友刘涛笑容明亮，拥抱及时

安排细致得像他崭新的别克——

接下来的几天，这不知疲倦的家伙

将我们拉到东，拉到西，拉到北

走马观花的游玩和三年前几乎一样

同样的人，同样的大海，同样彻夜的空谈

虽然大家又胖了一些，皱纹又多了一些

虽然在中山，我恍惚置身童年和早已失去的老家

虽然酒席上，我们的烦恼和牢骚不像前些年那样激烈

唉，有的忘记，有的不好意思再提

（小时候，我们的愿望是吃尽天下泡菜）

三天过去，我们告别

一地铁坐到广州

一火车睡回松滋

一路无话，连小小的艳遇都没有

只在天气的催促下，乖乖地

把来时脱下的衣物一件件穿回

2006. 10

在三亚

如果不是受到绿叶的围攻、椰子的构陷
和阳光的袭击
我真不知道她是怎么个蓝法

在天涯海角，在亚龙湾，在所有的蓝
一部分人在大笑，另一部分
在哭泣

漩涡潜藏叛乱
贝壳中驻着一场风暴
一只海螺，埋伏特别的某一天。

无边无际的比基尼，多么明晃晃
我不停转换方向却避不开
这铁定的沉沦

2006

牦牛扎西

他被收为藏家女婿①
按规矩在此放牧三年。
同行的夫人升格为大太太
羞赧的拉姆说，我就做小的。

说话间，童姓湖北中年男
从西服里脱身：
好一头健壮牦牛！
要向东，要向西，要答题。

要笑，笑得色眯眯。
要为新晋妻子献上笨拙舞蹈：
他无意领头，却带动了整整
一支锅庄②

此后，板着脸的他多次与我相逢——
在五彩池，箭竹海，在牟托羌寨

---

① 到藏区旅游时参与民俗游戏：指定一名游客为女婿，为其取藏名，"牦牛"代表强健和财富，"扎西"代表吉祥如意。新娘"拉姆"，邀其回答问题，参与歌舞表演。
② 锅庄舞，藏族三大民间舞蹈之一。

他与原配御风而行，随手点化江山
风吹草低，一头头真正的牦牛向他低着行礼

2012. 8

同学会

酒席上的叮叮当当，驱赶着
火车上的哐哐嘟嘟
"猜猜……我是谁……"
直播的电话被隧道吞进又吐出
车窗的景深里，裹着
遥远的脸，深处的笑。

古城墙，博物馆，深秋的篝火晚会
童安格和他的细雨，合唱团青筋暴露。
当年班花，隔着一个女儿展望她此时的胖。
当年伤心的理由过于武断。
当年的饭盒，逶迤而来催促不锈钢餐盘。
迎着昏昏入睡的同行者

我把胸膛打开细心翻拣而
"田野小河边，红莓花儿开，
有一位少年，真使我心爱！"
和声的子弹穿透咽喉。
旧车厢，混着香皂、牙膏和大便气息的
家，把我遣返回南校区北楼 103：

盥洗间热气腾腾。铁床吱嘎，掉下灰尘。

"妈妈，眼镜叔叔在自言自语……"
对面的小女孩眼珠漆亮。
有救了，这些年执意追逐的风景
揉成一团，托高内心水位——
而下一代从泪水中疯涌而出。

2013 年夏，在重庆至遵义列车上，为荆州师专（长江大学）5902 班 20 年同学会而作。

在候车大厅

之一

孤岛驶进凌晨 4 点，灯光
呵护着最后的黎明
一团团面目模糊的人
像麋鹿一样聚拢
又像雀群一样惊散
"那时刻表不堪一遍又一遍的检索！"
他徘徊，吸烟
在咳嗽中拨打心爱的号码

灯光让比喻失真
条凳上焦急的脸孔
把分针和时针无限放大
进站了，又进站了
乘务员把哈欠打过来：
"这班车取消了你们得
明天的同一时刻来！"
她摘走冷硬的站牌，迅速离去

之二

我看见昏黄的站场，明亮的大厅

我看见扛着藤箱的父亲
扶着眼镜架，将未来细细眺望
我看见流浪的梦想，失散的家人
我看见垃圾一样的孩子和穿黑套装
的单亲母亲在条凳上展开他们的睡眠
我看见迟到的晚餐，提前抵达的黎明
我看见时针牵动一声汽笛
引发骚乱
和所有的形而下

之三

一位女郎，偷偷
放松了崩紧的风姿。
她精心营造的微笑，被等待
一点一点抽干

一个男人不停抬腕看表
他的时间已经不多
可发生的已经发生
不该继续的仍在继续

一名小贩神态悠闲
他对提篮中的啤酒香烟瓜子有
足够自信而对兜售非法出版物的同行
不以为然

一群孩子在喧闹
他们肆无忌惮的笑声
互撞着，被表情麻木的清洁工
一股脑儿扫进果皮箱

小疯子大口啃食一只旧拖鞋
他空洞的笑
让我陷入

1995—2001

深秋天鹅洲

1

这草地是供我失足的
这小径是引我迷路的
这芦苇，是用来返老还童的
长江冲出三峡生下你，是为了
给我一只肺的。
这场魂飞魄散的爱，是从前生
偷来的。

2

我触摸这四面的禁锢和温暖①：
浩大回归②，两万亩广袤也难以盛下
花喜鹊嘴里衔着一把小号
时时吹奏，深深感激。

---

① 天鹅洲石首麋鹿国家级自然保护区南面紧接长江，北面和东面为长江故道环绕，西面是防洪民堤，堤内为农业区，面积 1567 公顷，属典型的江河泛滥湿地。
② 石首属古云梦泽，为麋鹿原产地，上世纪末几近灭绝。后辗转从国外引进，现逐渐繁殖到千头以上。

3

隔着一湾瘦瘦江水。
你们列队，企盼，
你们对峙，以角互撞又背道而驰
哦，缓缓地，静静地……
我头顶长出杈架，脸上
长出善良和惊慌。

4

那鹿王回首的微笑里
有我未曾死去的远方
有我要用一生来拖延的事
"羞于说出自己的名字"，我等了
半世的桃花，现在才开

5

幸好我多带了一双眼睛，中途逃离
才不至于草木皆兵。
幸好江风沿堤追赶不依不饶
我有限的智慧，才够得上汹涌秋天！

2013.9

孤证：致皇甲古刹千年银杏①

古井我没看见
马援脱下坚硬的甲衣我没看见
它孤立于此，看寺庙修了毁，毁了修

红衣女郎离去，小狗小吠如故人。
它从中唐伸过来的枝叶，有
课外书的味道。

为了迎接我它派出一位姓田的菩萨：
笑容像秋天，皱纹又远又近
把儿女移植深圳，把孙子栽在怀中

为了论证存在它又化身高神仙，固执的
书写者，深藏年画，语录和裸女
二郎神，关公，他叫一声，就有一块石头点头答应。

为了突出今夜它请月亮躲进云里而请道路发光
满地软黄金，像一场刚刚结束的法事

_____

① 皇甲古刹位于荆州古城东门外皇甲山，始建于西汉、隋唐时期。院内有千年银杏树一棵，古井一口。相传东汉名将马援率兵路过此地，借高氏祠堂卸甲宿营。

"我需要三个人来抱我……"

抱吧。它一生说服了多少大风，雷电
熬熄了多少战火。
寂静成一种气息，残损当道

这晚我遇见了许许多多仙人
面容疏朗，通体散发木本芳香。
他们带来智慧和慈悲，让我心安。

2015. 11

青林寨之憾

天台山的茶绿了又绿
而一壶水还来不及烧开

张执浩抱了他的老父——"你又喝酒了。"他说
嗓音里藏着芭芒，让我的拇指痛了一次

阳光照在旧木门上，我们被拴住的脸
是一只只迅速充气的瘪轮胎

石头房潜伏如碉堡，鸟排序起落
在黄昏六点，它们盘旋，统一使用弹舌音

468 米的峰顶，风吹我，云盖我
马河你好，手绘地图你好，剪影再薄也勾着魂

篝火再旺也不是用来取暖
它延缓着一些正在生效的遗忘

许可秋用古音的吟咏，拨出
几个村庄的词根：它们又能活过一阵子

刺楸生出刺来抵抗野猪

农公子月下吹笛，多少女子打开窗户

2014. 12

秋　收

我们把话说出，把影子叠好。
我们把一记记词语的空拳捶在
桂花香气中：
小欢喜降临，每个音节
牵动着一株植物的抖。

我们反复出入岑参阔大的袍袖以获得
高古的面容：
塞外风沙消弥，楚都不紧不慢
本家前辈从眉头押回一个远方
麻雀在怀，孩子跳上枝头跳舞。

我有太多杂草需要刈除。
所以说书人从喉咙中咳出岑河历史
所以午夜灯光，射进童年的深井。
所以睡莲不再醒来，一些茎梗
摆进我们的餐盘，抽着霜降的丝。

所以柑橘谦卑如清洁工而柚子
垂下各自鲜红的心。
还是不够用力啊，雨忍到明天
仍会淋湿 30 公里的歧路。返回时

我们用干净路面打彼此的脸：

看，门口徘徊着风和国王
庄稼安详，秋收农场正在生下我们。

2016. 9

顶开雨阵，阳光耀眼

大雨滂沱，把全世界
都下暗了
而飞机不为所动
它带着我们攀升，攀升
直到"咯噔"
一声，我们一起静止：
在密集的雨云上
阳光从未被收走
它普照众生
让天空那么庄严

2017.3

可被原谅的

一个妖冶女人在挥霍她的

60 岁：

"你吃一口，吃嘛，

你不吃我就不吃！"

她向男伴嘟嘴，用地方普通话撒娇。

"这首歌我还不会唱

苍茫的天涯是我的爱……"

她用沙嗓子纠集前前后后的目光。

男伴低声应答，无限温柔

白发紧贴额头，像致歉。

她有古怪的帽子，金丝眼镜夸张

鲜红唇膏背叛刻骨皱纹

是他们的行李

刺痛了我：

大病初愈还是强作欢颜？

一个随身带着"肿瘤医院"CT 袋的人

有理由得到全世界的宠溺。

2017. 3

卷七　出窍

杨　章　池　诗　集

即 景

就着门缝的微光儿子响亮咀嚼

14 岁的浓眉，刺猬的刺

我中年渐老，才长出心和肺。

妻子在百叶窗前微笑

多么刚强，多么虚弱。

她把我一生要吃的苦

浓缩成两个月，并提前尝一遍。

而布谷还在叫

不知名的飞禽在和

小城瞬间

地老天荒。

2012. 6

等我来救

救护车，从我的脑袋
叫到脚趾尖
从街头叫到巷尾
凌晨 3 点，它尖着嗓子
把夜色揪出来。
城市安静，有人翻身
有人在梦中裹紧被子。
它往江边去了，叫得那么无助
而身在春天，我还
来不及种下一棵苹果树

2017. 3

挂钟停不了

挂钟已经衰竭，蒙尘的钟面
被一副蛛网描摹
苍蝇狂叫着：
"一个小时，或者再给我一分钟！"
它的要求近乎阴谋

秒针苦苦挣扎
它每次勉力迈出半步
秋天就提前抵达：
早熟的稻束被自己割倒
它发出细微的砼砼声
像一管被撕裂的喉咙，执拗地
发出最后的声气

"里面有一个被囚禁的灵魂！"
第一夜，第二夜，第三夜
他无眠：分针、时针继续颓圮
它何时才能真正停下而世界上
再也没有 5 号电池

2003 年夏

正午，奔跑的男人

时近中午
一个男人在川流不息的大街上奔跑
散发喘息、汗水
和动物的气味
经过人民饭店，百货公司和共青路菜市场
他的脚步明显加快
在三岔口，他突然起飞
跃上影剧院前高大的广告灯箱
然后重重跌下，踉跄狂奔

该男子起先在匆匆行走
不时低头抬腕看表
当音乐四起
咖啡馆，购物广场，花仙子鲜花店
无处不在的轰响逼他把脚步高抬
"舞蹈是干渴的！"
他扔掉公文包
松开领带、袖口
忍无可忍地跑

大街是一只被触动的水母
局部的不安开始蔓延

张望，期待，眼神交换……
快餐车率先停住
像卡在喉咙的一声咳嗽
顶篷下，一张惊慌的脸
询问着三双捧盒饭的手
两辆洒水车同时停止音乐
收起水雾
等候更大的骚动

那男子大幅甩臂，高高抬腿
像专业运动员那样旁若无人
他修剪整齐的鬓角开始出汗
脊背迅速湿透
领带扔掉，解除一场夸大其辞的爱情
衬衣丢下，洁白依旧触目惊心
长裤脱了，好比卧室里的裸
花花公子皮鞋，金利来袜子
依次从他身上飞走
大街六神都无主

不止是音乐让他疯狂！
他的腰身开始发绿，变得清凉：
"谁先胖，谁就提前进入中年！"
一个盲人缓缓转过头来，眼眶空空
小吃店的孩子捂住嘴巴
手中气球无声升空

一辆自行车闯过红灯
碾下的辙印像蛇一样扭曲

快到了！时间逼近上班
他缓缓停住
躯体壮硕，油亮如公牛
转过身，他一步一步往回走
衣物开始回到身体
先是袜子，皮鞋，接下来是长裤
然后是衬衣，领带
像一只只蝙蝠归巢
下午 2：30 他准时坐在写字间里
衣冠楚楚，一丝不苟
签字，打电话，叫助手端来咖啡

这一切做完以后
他习惯性地摘下眼镜
从 24 楼的窗户向下俯瞰
阳光普照，万物井然
街心，一名男子在奔跑
他兴奋，不时像鸟儿一样盘旋
身后是不相干的人群
以及他亲手解下的一样样盔甲

2002 年夏

过　程

飞着飞着飞累了
收起翅膀跑一阵
结果我不会飞了

跑着跑着跑累了
放慢脚步走一会
结果我不会跑了

走着走着走累了
停下身体站一会
结果我不会走了

站着站着站累了
犒劳屁股坐一会
结果我不会站了

坐着坐着坐累了
任由自己躺一会
结果我不会坐了

我躺着，依次想我的
飞、跑、走、站和坐

当想到我的躺，我的想

我就再也没有醒来

2006. 11

原　谅

原谅若无其事的风和
不肯就范的白云。
原谅被风筝牵扯的人群，以及他们
死而复生的童年。
原谅自己的旧，和儿子一去不返的胖。
原谅手中这本一生也读不完的书。
原谅体内的垃圾场，包括它持续的自燃。
春日，沙滩终于以袒裸
原谅了我一年一度的潮汐。

2013. 3

巨月之夜

月亮注视人间
人间如此寂静。
不断闯来的桂花香说
川主宫最后一场戏，都唱完了。

夜，空空荡荡
我从未失去过什么。吴刚
砍完树就走了
我住在芳香的月亮里。

注：本世纪最大"超级月亮"于 2016 年 11 月 14 日 21
时 52 分亮相，它比平常大 14%，亮 30%。

2016. 11

摇　晃

白衣白裤摇晃着缓慢的太极拳
"大桥味精"牌伙计扛着箱子，污渍
从围裙摇晃到脸上。
群猫挤在铁笼中，每一只都抢着说：
"要我！要我！"
中山公园的过山车，摩天轮，在天上摇晃
天气摇晃如绝望盲肠。
我曾抱走的一只猫，让猫群摇晃。
清脆的儿子曾相中一只母兔：
"我要一个妈妈！"他 15 年前用声音
挥动的拳头，让我摇晃。
动物气息在空气中摇晃，落地即成
桂花细小的花瓣。
这个角落，蛇入山花鸟市场
同时对摇晃的世界说着
"对不起"和"没关系"。

2016. 9

指　控

据说醉后我惯于滔滔不绝，据说我
反对一切肯定和赞美
据说我还擅长
使用复句，尤其是
选择复句，假设复句和条件复句。
一个惯于沉默，只低头说"是"
而把"不"溺死在内心的人
我用酒咆哮出了什么
我还妄图选择，假设和条件？
酒醒之后，对于你们的指控
我默默点头：
是，是，是。

2014. 5

熬　粥

凌晨时分有个人坐在对面
嗑瓜子。
他体型沉重，腹有不平
"噗！"每五秒，他从唇间喷出瓜子壳
而旁边床上微微一动。
香气溢出，击中我的是第一道白气，等到
最后一道，他变回
安静的电饭锅：
稀粥和晨光一同醒来。
又是新的一天，妻子的病
一定能好起来。

2014. 5

梦惊呼

我冤魂缠身，夜夜惊呼
10 岁前是黑暗的疯子

和怯懦的傻子，大脑混沌
"那控制他的，令他失忆，失语……"

说不出的怕，有多怕
最黑暗的呼救多无助

瘦道士加胖和尚之和，乘以五年
才赶走那些鬼，拖回我半条神经

而母亲从未放松，她小心隐藏的祈祷
屡屡被我撞破。直到最近

我无耻的中年开始露头
鼾声，一天比一天茂盛：

这温暖城堡，冰凉甲胄
盖过无休止的追杀，接纳乱世逃亡

但每次被自己惊醒身边人都睡得

那样死：整个世界与我并无关系

2009

疏离之歌

我一边进攻一边逃避
一边占领一边投降
一边义无反顾一边首鼠两端
一边肯定，一边否定

一边慈眉善目一边凶神恶煞
一边伤心欲绝一边欣喜若狂
一边冷酷到底一边悲天悯人
一边冰清玉洁，一边滥情无度

一边委曲求全一边睚眦以报
一边推心置腹一边两面三刀
一边表演，一边揭穿
一边打开一边关闭

一边明察秋毫，一边漏洞百出
一边斩立决一边当堂释放
一边守口如瓶一边泄露天机
一边远行，一边回归

一边发光，一边熄灭
一边白，一边黑

我奔向我，像拥抱一团空气
我驱逐我，像随意抽走
一段肋骨

2012. 9

有请流星

满天星斗，严肃，甜蜜
一个曾经皎洁的人不堪的脸。
有请流星扫过，好让我们摸到她
午夜的酸楚。
有请钟声，建起宏大礼堂。

2012. 10

午 夜

乌鸦刚刚闭嘴
钟声就响了
紧张的月亮露出头来
三颗露珠抱着松针
死死不放
你仍在林子里熟睡
囚徒们捻着佛珠上山
胸前挂着自己的死讯

2011. 8

唯一的，亲爱的……

我是我相依为命的自己
密林深处，枕木横陈
一截潮湿抱着一截暗赭

我是我左右为难的父亲
趟过七十年的异乡，躬着背，与他的
高度近视、失聪、冠心病，一一击掌

我是我一蹶不振的姐姐
冷，热，失败，一层层蚀掉她的美：
"从此，不再有任何意外发生！"

我是我强颜欢笑的情人
多少个夜里，睁大眼睛。一生中的两句谎言：
一句是说"爱"，一句是说"不"。

我是我自言自语的儿子
松鼠护食，浣熊洗澡
月亮高高照，闹钟要争吵

我是我冷酷到底的敌人
憎恨 B 型血，打倒疏懒坏

我唾了这世界几次，他都加量奉还

我是我手背皲裂的穷亲戚
浪子认命朝前走，醉鬼扛着蛇皮袋
袋中另一个他五花大绑，呼救声哽在喉头。

2011. 9

替 身

总有一个从前，拖回眼前的
不可捉摸：
外语系的校花，是我
小学四年级的同桌，尽管她有
遥远的籍贯和方言。
在街角默默伸手的乞讨阿婆
是我的姥姥，她已去世多年
但这黧黑，愁苦的脸，我记得。
中山路步行巷就是新江口小镇的
再就业一条街：它和我一起搬到荆州
一个更聪明，一个更开朗。
这截长江是家乡的松东河变的
宽阔是障眼法，向南拐弯的弧度
暴露了它的真身。
这窗外一闪而过的汽笛，曾在
某年正午，永合中学某间小床
某个孩子的梦中响起。
这场雨的沁凉和悲怆
这首歌的高音部分
共同记着我那些年的失败。
事到如今，我仍是那个
自负的骗子

装作一切都在手而人间
已无其他任务。

2014. 2

空袋子

被掠夺，被摊派
拿走笑容，塞进皱纹
拿走光芒，塞进病痛
拿走性别，塞进痴呆
拿走胖和瘦，塞进更胖和更瘦

身躯弯下去
账目表曲线持续下跌。
相对值在增，绝对值在减
一天天，趋近于零。
他最后，剩下一只皱巴巴的
空袋子

2011. 7

此　刻

我在这里：北京中路 253 号
烈日烘焙。
我烧了一壶水，读完一则微信
摇晃的电风扇，一张脸不忍细看。
母亲的腿在老家客厅里缓慢康复：
她是一座靠近黄昏的养老院。
而外甥送来大学喜讯：
石头人肌肉渐显。
妻子忙前忙后，打喷嚏
灰尘放不过她的哮喘。
儿子和爷爷手挽手
走在去理发店的路上
我在此刻，一切都在
永不再现的此刻
一些踉跄势无可挡
一些气息敬请封存

.

2014. 7

亲人队伍不断扩大

上周我遇到了眼睛像你的人
前天9点接到的电话，声音像你
中午那个在阅报栏下躲雨的人
穿着和你一样的滑雪衫
QQ新加的好友，有你相同星座
这时从香水店路过，有一阵你的香
让我发呆。
明天我一定还会遇上你的前同事。幼儿园
同桌。为你做过料理的厨师。接过你纸币的
超市收银员。
毫无觉察中，他们被我接纳为亲人
他们一天天扩大
直到我们最终完整地、破碎地相逢

2015. 2

梦中飞行

我未尝见过的飞机
将启程时出现故障
人群的骚动刹那盖过机身的雷鸣
机械师父亲出现，带来无边的宁静
（他的镇定将安抚我 40 年）
倾斜 30 度，两个机器人开始划拳
一个出石头，一个出剪刀
石头飞翔，穿过铁锈的积雨云
剪刀剪开黑和白，伤口巨大

2010. 4

路　过

谁在不停路过午夜
脚尖踏在额头
鞋跟磕响后脑
她身段妖娆，酷似枕边人
（我们从未相拥）
他袖着手，肩膀潮湿——
那是雨，也是雾
缝纫机再堕落，也踩不醒
蟋蟀的翅膀。
无辜的人来来去去
个个带着一团光

2011. 12

澡堂考

热水里的平行公理和勾股定理
一次次勾连，地理学猛然发力：
这口浸泡我肥胖之躯的水池，就是
新江口一初中三（5）班教室！
新海洋，旧大陆，拎起我
激动的阿基米德：
全班集体起立，56 双眼睛盯着我。
25 年前的晨读整齐划一，溅出水花。
尽管泡，冲，搓，都是
因式分解的方法，但喷头前
太热和太冷都会导致
请家长。

但，谁能说出"Have a bath"的过去式？
从一组到四组，我趟水摸出当年课桌
在上面刻"早"的我早已萎靡如虾。
怯懦的我出卖顽劣的我，放生的
下课铃救不了任何人。
讲台上摆好的按摩床
用于板书，罚站和敲打筋骨：
污秽的搓巾在用力，粉笔灰在落。
物理的烧杯拔出寒湿而中年的自忍

刚刚错过一场愚蠢考试
"伏桌静息!" 纪律委员清亮的口令
将我按到池底。

2014. 2

垂　钓

难以忍耐的是其他人、更多人
"焦躁是窒息的前兆！"
湖的饥渴与生俱来
而他的垂钓出于习惯，与夏天无关

以长长的季节作线，耐性为竿
水面上映着他淌汗的胖脸
下午三点，他如约抡起钓竿
一点银白脱钩而逃

蝉声愈烈。阳光斜斜躲在一边
他不在乎的样子逐渐失真
童年、天空、翅膀
从水面缓缓，依次走来

"多么出色的一条鱼！"
湖在他面前正襟危坐，呼吸悠长
潮湿目光隐藏充足耐心

1993

失　踪

一场秋雨过后
他久久凝视公路边
一湾浅浅的水洼。清晨
那里面倒映着整个天空
好像一踏进去
就会融入无边的蔚蓝

他忍不住试了试
果然从这个世界上彻底消失

2004

失去的界限

1

爱人，一百丈的冬天外
谁在加速逃离
咳嗽的父亲，蹒跚的外甥
还是恐惧鼾声的童年？

2

两匹马斜行，天花板上
真实的生活已去向不明
我看到了！噩梦醒来
我的影子从此噤若寒蝉

3

七岁时我醉心于数学教师的提问
高高举手，然后瞠目结舌
"他在下降，目前落到
积极分子和差生的警戒线上……"

4

左边是弹奏，右边是倾听

中间是无心的共鸣
三个拳手走上鼓声的擂台，久久对视
可悲呵，还是陌生的命运

5

诗人耽于幻想，病痛止于死亡
他把一腔愤懑倾向黎明的大街
"全世界与我为敌！"
而全世界，也不会超过一个词

6

过早做了母亲的是我的姐姐
20 岁就打发掉青春
今夜的暴雨穿过十年雷电
葡萄架下，她将与谁重逢？

1997

流　星

告诉我，谁是可能的目击者
急速下坠时灿烂的一瞥
告诉我，是谁
沉湎于那些一成不变的事物
谁能铭记
这平静的理由

太久了，一切计划都被打乱
松动，摇晃，像失修的神庙
夜空湛蓝，群星闪烁
讳莫如深的行者呵
这个夜晚我用一声惊呼

将自己远远掷向 20 年前

1997

静止的年代

现在我躺在病床上
没有人前来探望
头脑发昏，眼珠发黑
玻璃杯盛水三分之一
电灯挂着陈旧的蛛网跨越天花板
倾角四十五度
床前是我多年不戴的旧帽
墙角是我四十二码的皮鞋
而窗外，热风呼啸
白杨树叶拍巴掌的声音
像极了多年前的那个夏天：
十一岁的我气息奄奄
面对稻田臆想大海
在眩晕中把自己送往远方。
想起常年在外的父亲
鼻子发酸
想起故乡兴奋极了
拼命挣扎满身大汗
我蹬开被子
大祸奇迹般消失
路边汽笛恍如隔世

1993. 5

靛 水

"这是你的。"躲完大水的清晨，母亲
把这包黑色粉末塞给我，把我塞进
拉家渡小学丢魂的钟声。

小心翼翼，倒入循环使用的葡萄糖注射液
吊瓶，冲进热水，看它
激烈地化开。

使劲晃，让黑撞溅，蔓延
瓶壁被抹得密不透风
小发明家，头昏了一会儿

乏力的蚯蚓：我挤捏钢笔
的胶皮管，让它吐出空气和一阵
有气无力的浓涎。

将笔头整个埋进墨水瓶
让它畅饮，用大拇指和食指尖
感受那黑色水位，攀升的饱胀。

反复几次，挤压出空气
直到新墨爬满整节皮囊

笔头新鲜，笔舌湿润。

要写出最好的钢笔字，要画出
最美的、最后的小学。
多年后我也这样猛力把自己化开

不然我就是浆糊一块；
也这样自我挤压至枯竭
除尽残余，迎来灵泉的灌注！

注：二十世纪八十年代初长江中下游平原曾流行用化
学制剂自制书写墨水，乡人名之为"靛水"。

2017. 10

小兔过家家

这群小兔过家家
安排我当兔宝宝
小兔们要我
乖乖听指挥
立正，稍息，向后转
我总是太笨
一次次出格
撞到了你们
谁叫我不是真小兔
作为一头熊
我有暂时的好脾气。

2014.5

证据链

一开始我没打算拆穿
谎言。她穿着狐狸的皮
滑行在草甸上，用一路尖酸
把自己变得越来越小。
眼看就要栽进一个狍子洞
可感谢必要的趔趄，她停下了。

现在指出：她就是
我为这首诗
添上的这截尾巴。

2014. 8

鸟之死亡

我曾目睹许多同类的死亡
在床上，停止徒劳的喘息
瞳孔放大，然后双目闭拢
从肉体中抽出灵魂
然后是白布，哭声，送他还乡

可是，除了星星一样的弹孔和短暂的哀鸣
我没见证鸟的自然死亡
她应该也想着回家吧
鼓起双翼，努力向上
把最后的时辰交还天空

1997

相关评论

　　章池有力截取了底层生存镜像的一个个现实断面，从具体的人事、物象中拓展出一条力求入微而出神的语言行进路径。他整体上立足于乡村蜕变的写作，不仅与当代剧烈而复杂的社会变迁形成内在呼应，而且因其精确表现了城乡文明转换中对抗性的一面，使他的诗远不止步于状物述怀，而具有了难得的史学质地，兼之以淳朴的语言风貌，令章池成为我眼中当代诗学框架内值得关注的个体样本。

——陈先发

　　杨章池的诗歌，既有人间烟火，也有大地气息，还有对天空和远方的眺望。杨章池是一个接地气的诗人，但也有超越和情怀，这样的诗人会有更久的持续性和更开阔的空间。

——李少君

　　杨章池近几年的写作构成了湖北诗界的一个新亮点。他以一个经过现代诗歌教育、有一定文化视角的还乡者的身份出现，有"小镇知识分子"的味道。其诗不拘囿于题材的限制，从观照生活到捕捉时代变迁，都有很深的涉猎，并逐渐形成了独到的审美视角和"一击而中"的能力，在拙朴中见神韵。即便将他的写作放在当代汉诗写作的背景中，也非常突出。

——张执浩

杨章池是日常经验的敏捷捕手，对于生活细节，他关心的是它们的重量和线条，而非色彩，我的意思是说，类似于钢笔画家以点线面翻译彩色立体的场景，他也掌握了一套独有的翻译现实经验的语法，这是理解他的诗歌的关键点之一。

——李元胜

杨章池的诗，细节内在而精确，能够用具体超越具体。在乎亲情，切于事后，继续达于灵韵。

——陈　超

杨章池很好地体现了这种情状：城市与乡村之间相互牵引和纠缠，以及城乡之间形成的一种对抗。其写作的意义就在于他抓住了文明转型之后的这种关系。他以"小镇知识分子"的身份出现在中国社会转型之后的诗歌生态系统中，应该可以比较准确地把握我们这个时代的核心。他在叙事的表象下，有着抒情的本质。其语言严肃庄重沉痛，有力度，不流俗。

——沉　河

杨章池的诗让我们欣慰地看到，在四五线的小城市里，依然还驻留着用词语和灵魂打交道的一线诗人。在一种糅合了清新与褶皱、亮洁与机巧的诗歌语调中，他的诗歌有时像是在记忆中安静生长的藤蔓，连缀起童年河对岸的顽童、亲人的成长与逝去、小学美术老师、凋零中的学生时代的校花……这片藤蔓上既结满了令人动容的温情，也会长出尖锐的疼痛，这些疼痛不仅是个人的，更是一个时代不可祛除的疼痛，比如《我的居所》，在"栽种庄稼""栽种工厂""栽种店铺""栽种人口"的微观历史学描述之下，隐藏着了"总在死去，生出另外的自己"的自我复数化，而这种自我复数化并非费尔南多·佩索阿式的对自我的发明，而是一种无奈的"被复数化"，因为需要被迫"面对着所有的问题"。

同时，他对细节、章法、节奏、修辞的把玩与控制均已修炼到了极为上乘的心法。我期待他在建设中国当代"小城诗歌"传统的行进中与舍伍德·安德森相遇。

——胡续冬

二十年来，杨章池就在这个轰轰烈烈的"本地的现实"背后，一直坚持着宁静的个人写作，在小城一隅以独特的角度来感受时间与时间、现实与内心之间渐渐"失去的界限"。在认真阅读杨章池的诗歌时，这束汇聚了时间、方言、温度、叹息、热爱、孤独的县城之光就直直照进我晦暗不明的心灵史中来。

"不完美的肉身"所对应的"不完美的世界"，恰恰是我们所处的真实镜像。杨章池的写作就像在不完美的世界中打井，或者干脆以自己为井，通过对自我不断反思、反讽式的挖掘，来获得人性之泉。我喜欢他诗歌中不断闪现的时间的破碎感、现实的荒诞感，以及自我的戏谑感。这都集中体现在 2000 年以后的诗歌中（2000 年之后，杨章池的诗歌基本完成了使其作为一个一流诗人的重要转型）。

这是一个在简单的县城岁月中能够发现或者发明"奇迹"的现代诗人，在时间模糊的生命感中建立起强大的心灵防火墙和超强的语言处理器，低调、安静、谦卑地强大。

——拉家渡

若干年后，人们也许会重新审视杨章池的诗歌作为地方志的意义和价值。这些诗歌，是诗人从小镇向世界发出的一封封信件，在"手写"的信件已作古的时代，在"诗艺"成为陈词滥调的时代，倘若诗歌不能让我们重新发现这个世界，不能让我们感受到那些漠不相关的人与事其实与我们的命运息息相关，"诗艺"只是心造的幻影。或许诗人并没有这样的写作意图，这正是这些诗作饶有兴味之处。它们将成为人们观察和了解社会历史和时代精神的切片，通过诗人质朴而敏感的心灵的折射。

——魏天无

杨章池的诗，是他观察、体验、感悟和冒险探索的结晶。语言既是其创造的中介，也体现为最终的美学和思想实践。如果说他的写作源于地方性的现实，这可能是基于某种追根溯源的知识考古，我更愿意将他的写作归于凝视自我和周遭世界的话语重塑，这里面不仅有凝视本身所带来的情绪抒发、道义追问和悲悯之意，还有凝视所延展出来的时代审视、力量变形与创造性转换。那些瞬间的人世场景，往往容易被我们所忽视，但它可以触动诗人用语言指向对记忆的重新发现和审美观照。这也许是任何其他表达都替代不了的人性书写，它暗示了一种声音、一种味道、一种历史感、一种独属于杨章池的精神气质。

——刘　波

杨章池有一双敏于发现美的眼睛，善于从庸常生活中捕捉诗意。他的诗叙事凝练，意象新奇，语言澄澈，充盈着悲悯与温暖，别具打动人心的力量。他的"小城叙事"象征了现代人的生存状态，不仅具有地方性写作的意义，而且具有超越性价值。

——蔡家园

杨章池是又一个我所见到的让我吃惊的诗人，他写作质量的整齐让我惊喜。《吼叫》一诗里边的对情绪、感觉、声音和人生际遇表达的控制，对现代人生存的紧张与压抑感的描述，对命运给我们的困厄与无奈感的言说，让人窒息，满有敬畏。这真是我们的生存状态！这首诗里的想象、情感与无声叫喊，与里尔克的《豹——在巴黎动物园里》相似，杨章池似乎承续了大师的对时代的感知、诗的技艺和力量，将后期象征主义的诗风与现代中国人之境界结合，呈现出一种极有张力、想象和叙述极有节奏的诗篇。

——荣光启

杨章池的诗歌温良，富于人情味，虽长夜痛哭，但表达得温润克制，具谦谦君子风，又带些许童真，显得实在而不失灵动。他强调在场感和日常抒写，不自恋，少憎恨，不远眺彼岸，不搞鸡汤抒情，而是化做一粒微薄之盐，奔赴生活之水，融入涟漪大浪，使得无处不诗。他的诗作经常刻画"小生活"，充满嚼劲，幽微精确，具写实精神，像精心拍摄的摄影作品。日常经验在诗中不仅有温度有质感，还恨不得冒出气来。杨章池的诗神是平凡谦和的神，这个神吻过万物，让它们平凡而有光。

——钱　刚

杨章池的诗歌是虔诚的，有出处、有烙印的，真诚，不掩盖，有着烈酒一般的血液奔流的力量。这其中我尤其看重的是否定的力量：先锋的、自由的因子在过往时间中冲突，相互抵消。他的诗歌是"浸泡在过往时光中的生活"，"用诗歌否定，也试图还原过往的、虚拟的生活"。

——韩少君

近年来，杨章池作为湖北诗界实力派诗人的形象已经渐渐明晰。小城既是一种地理文化的表征，也是一种身份意识的呈现。小城经验必然带着小城地理所赋予的文化精神，还有小城所特有的情趣、情感或态度认识。从这样的视角出发去发现杨章池的诗歌，可以看到三个非常鲜明的特征，即叙事化的抒情、现代性的错位和审智化的叙述。智慧的诗性观照正在逐渐从纯粹的情感喧叙中挣脱出来，意味着其诗歌写作逐渐由自发写作转为自觉写作。

——罗勋章

　　杨章池修炼了高超的"抓取现实"的能力。其风格偏重叙事中的抒情，同时不乏"否定"的先锋意识；其语言透明澄澈、优雅严整。作为"戴老式眼镜"的地域性诗人，他将诗歌捺入原型象征的境地，将个人体验提升为普遍的诗性，在唤醒我们意识中的记忆和心灵生活的真实刹那的同时，书写了在偏远文化生态中"借诗还魂"的样本——而且是针对那个独特空间的，此即与线性时间对抗的唯一途径：人们可以借此再次踏入同一条被称为"支流"的河流——那是基于心灵生活的一个个具体生动的片段，在一种诗人的主观感受与最逼真的生活情态交织中，传达了诗人有着"地理性"的，有着沙漏般从容与精细的对自然与生命的理解。诗人非常娴熟地应用了"诗歌叙述"的技巧，那就是将言说进行某种聚焦的转换。

　　我有这样一个想法，就是，我们民族有着了不起的诗歌传统——李白泛舟于洞庭湖松滋境内写就"且就洞庭赊月色，将船买酒白云边"就是一个预留的象征——但这个"传统"不是凝固的，不是可以轻易被萃取吸收的，对于这个传统的继承与理解需要在不间断的谦卑的诗歌写作中得以呈现、加深与丰富。有一个伟大的汉语的声音，是母语是方言甚至是方言中比比皆是的那些高古之音在召唤我们，杨章池们的使命是在这片土地上创造诗歌永不停息。

——刘洁岷

图书在版编目（ＣＩＰ）数据

小镇来信 / 杨章池著. -- 武汉 ：长江文艺出版社，
2018.3
ISBN 978-7-5702-0177-8

Ⅰ．①小… Ⅱ．①杨… Ⅲ．①诗集－中国－当代
Ⅳ．①I227

中国版本图书馆 CIP 数据核字(2018)第 010277 号

扉页题字：唐晓渡

责任编辑：沉 河　　胡 璇　　　　责任校对：陈 琪
封面设计：徐慧芳　　　　　　　　责任印制：邱 莉　　王光兴

出版：长江出版传媒　长江文艺出版社

地址：武汉市雄楚大街 268 号　　　邮编：430070
发行：长江文艺出版社
电话：027—87679360
http://www.cjlap.com
印刷：武汉市首壹印务有限公司

开本：880 毫米×1230 毫米　　1/32　　印张：9.375　　插页：6 页
版次：2018 年 3 月第 1 版　　　　　2018 年 3 月第 1 次印刷
行数：5364 行

定价：48.00 元